マドンナメイト文庫

僕の好色女神

睦月影郎

目次
contents

僕の好色女神

第一章　女神降臨

1

「いいか、明日には必ず百万持って来いよ」

「そ、そんな金はない……」

言われて、尻餅を突いた明男《あきお》は唇の血を手の甲で擦りながら京吾《けいご》に答えた。

体育館の裏である。傍らでは、京吾の子分の二人が明男の様子をスマホ動画で撮っていた。

「保険金がたんまり入っただろうが。いいな！」

京吾は言うなり、明男の胸にもう一度蹴りを入れて立ち去っていった。

子分の二人も、僅かに気の毒そうな眼差しを明男に向け、そそくさと京吾のあとを追っていった。

この二人も京吾に脅され、言われるまま明男に暴力をふるい、スマホで撮っているのである。

「ち、畜生……」

明男は呻《うめ》きながら起き上がろうとしたが、全身が痛んで立てず、仕方なく体育館の壁に寄りかかって座った。

藤井《ふじい》明男は、この四月から高校三年生になったばかりである。早生まれのため今年いっぱいは十七歳だ。

一人っ子で、市内のマンションに両親と三人で住んでいたが、正月に両親が旅行中の事故で亡くなり、親戚とも疎遠のため天涯孤独になってしまった。

そのショックからようやく立ち直り、明男は春から登校していたのだが、新編成のクラスに不良の柴浦《しばうら》京吾がいて、何かと金をせびられては暴力をふるわれるようになった。

両親の乗る自家用車は、センターラインを越えてきたトラックと正面衝突。相手のドライバーは無傷で、トラック会社からそれなりの賠償金や生命保険金が手に入り、マンションのローンの残りも清算された。

それで京吾が、何かと金をせびり、断れば殴る蹴るの仕打ちを受け、今までの総額も五十万近くになっていよう。

京吾は身体が大きくスポーツ万能、勉強は中程度で、教師の受けも良く、彼が牙を剝《む》くのは子分のほか誰も見ていない場所でだけである。

教師に言いつけても信用されず、悪賢い京吾は何かと言い逃れることだろう。

明男は勉強は上位にいるがスポーツ音痴で色白、手足も細く消極的で、名前とは逆でネクラ男、彼を好きになる女子などいないどころか、親しい友人すら一人もいなかった。

それでも読書好きで、将来は文筆で身を立てたいという夢を持っていた。

しかし卒業まであと一年足らずだが、京吾のいるクラスで耐えきることが出来るだろうか。

日が傾いている。そろそろ帰らないといけない。

明男は懸命に身を起こし、壁伝いに立ち上がろうとした。

すると、その時である。

目の前に、何やらモヤモヤしたものが降りてきた。

目まで霞んできたかと思い、顔を擦って見ると、何と上から一人の女性が降りてきたではないか。

ワイヤーで吊っている様子もなく、やがて彼女はサンダルを履いた足を地に着けて明男を見下ろした。

長身で、二十代半ばぐらいだろうか。

縦半分に白と黒に分かれたドレスを着て、長い髪まで半分が黒く、半分が白かった。

「な、なに……」

明男は壁に背を付けて声を震わせたが、彼女のあまりの美貌に、天から降ってきたという異常現象への恐怖はあまり湧かなかった。

「ずいぶんやられたわね」

彼女が清らかな声で言い、そっと手を伸ばしてきた。

そのしなやかな指先が彼の頬や唇に触れると、嘘のように痛みが和らぎ、口の中の血の味も消え失せていった。

「え……？」

「もう立てるでしょう。さあ、家へ帰りましょう」

言いながら彼女が身体を支えてくれると、すでに全身の痛みもなくなり、明男は難なく立って歩けるようになった。

どうやら彼女が触れると、痛みや疾患などが消えてしまうようだ。天から降ってきたので、やはり神様なのかも知れないと思い、彼は歩き出した。

「あ、ありがとう。僕は藤井明男。藤沢の藤に井戸の井に」

「分かるわ。明るい男でしょう。私はルナ」

一緒に歩きながら彼女が言う。

「ルナさん……、月の女神……？」

「呼び捨てでいいわ。ええ、月は私が作ったものなの」

ルナが答え、やがて一緒に校門を出た。並んで歩いても、すれ違う人にルナは見えないようである。

本当はバスに乗らないと帰れないのだが、ルナが彼の手を握ると、あっという間にマンション三階にある彼の家のドアの前に着いてしまった。

（しゅ、瞬間移動……？）

明男は目を丸くして周囲を見回したが、見ていた人は誰もいないようだ。

とにかく鍵を開けて一緒に入ると、彼はドアを内側からロックした。ルナもサンダルを脱いで上がり込んできた。

女性が部屋に入ってくるなど初めてのことである。

中は3LDKで、広いリビングには応接セットとテレビ、あとは両親の寝室と銀行員をしていた父の書斎、そして四畳半の洋間が彼の部屋だ。

明男の部屋はベッドと、ノートパソコンの置かれた机、他はクローゼットと本棚、あとは入りきらずに溢れた本の山だった。

とにかく彼が学生服を脱いでベッドの端に腰を下ろすと、ルナも椅子を引き寄せて座った。

「月を作ったって、どういうこと……？」

「月だけじゃないわ。そうね、君に分かる言葉で言うと、私たちは別次元に住んでいて、グループで地球を作ったの」

「やっぱり、神様……」

「そう思ってもいいわ。善の神ばかりではないから、悪魔の部分もあるけれど。それは人間と同じ。そして生物が生まれていくのを観察していたけど、人類が出てくるようになってから私が月を作ってあげたの」

「どうして……」

「太陽は昼の象徴だから、夜の象徴も必要だと思ったのよ。実際、太陽と月の大きさは全く違うのに、地球から見て同じ大きさに見えるなんて偶然は、どんな奇跡が起きても有り得ないわ」

なるほど、では月の大きさは、誰かの意思が関わって決められたということなのだろう。

「そして、同じ大きさに見える日月が、陰陽という考え方を生んだ。観察していると、実に面白かったわ」

ルナが言う。

どうやら箱庭のようなものを作り、そこに生まれたものたちを観察してきたのだろう。いったい彼女たちは、どれぐらいの寿命なのだろうか。

「大陸の思想では陰と陽、世の全ては相反する二つのもので出来ているという考えね。天と地、陸と海、男と女、善と悪、過去と未来など。でも日本は、二ではなく三という考え方をしているわ」

「そうなんですか……」

「天地人、過去現在未来、衣食住、三権分立、善悪も、黒と白の他に、どちらともつかない灰色を入れたわ。そしてグーチョキパー。三種の神器も、男と女と胎児の象徴」

「なるほど、そうかも知れない……」

剣はペニスで、鏡はお宮（子宮）にあるから女、正に勾玉《まがたま》は胎児の形だ。

「だから日本人の観察が一番面白かった。多くの戦争や災害もあったけど、戦後は実に安定している。もっとも、だからこそしばらく放っておいたのだけど、久々に見に来てみたらいじめの場面に遭遇したわ」

どうやらルナが明男の前に現れたのは、全くの気まぐれということであり、別に亡き両親に頼まれて様子を見に来たわけではないようだ。

やはり人が死んだら神や仏の国へ行くのではなく、単に無になるだけかも知れない。

「それで、あのいじめっ子を殺したい？」

ルナが、いきなり核心を突いて訊いてきた。

「そんな、地球や月を作った神様なら、僕の考えていることぐらい分かるでしょう……」

「話さないと分からないわ。君は、金魚鉢に飼った多くの金魚やメダカの、それぞれ一匹一匹の気持ちは分かる？」

「そ、それは分からないですよ。話せれば別だけど……」

「でしょう。だから訊いているの」

　ということは、ルナにとって明男は一匹のメダカのようなものなのだろう。

「奴に、死んで欲しいとは思いません」

「そう……」

「別に優等生の答えを言ってるのじゃなく、そんな楽な世界へ行かせたくないだけです。長く苦しめて、生まれてきたことを一生後悔させたい」

「いいわね、段々面白くなってきたわ」

　明男が言うと、ルナが目を輝かせた。

　神様が、急に悪魔の部分を覗かせたかのようだ。その髪やドレスのように、白と黒が様々に入れ替わるのかも知れなかった。

2

「どんな力が欲しい？」

　ルナが言い、明男は目を丸くした。どうやら彼女は、神様の気まぐれで願いを叶えてくれそうなのだ。

「ね、願いは一つだけですか……」

「一つとは限らないけど、試しに願いを言ってみて。私も、初めて関わった人間が君だから、願いを叶えて観察してみたいの」

ルナは異世界で学者でもしていて、自分たちの作った箱庭にいる人間の観察レポートなど作るのかも知れない。それで失敗したり地球が滅びたりしても、また新たに作れば良いのだろう。

そして明男一人が好き勝手にしても、地球全体の大勢に大した代わりはないに違いない。

「あの、死んだものは甦らないですよね。事故をなかったことにするとか」

「それは無理。いま現在は変わらないわ。未来はどうにでもなるけど」

「じゃ願いは、世界中から戦争と災害がなくなるように」

「それは人類全体の問題だから、もっと個人的な願望を言って」

言われて明男は考え、やがて答えた。

「僕と僕の大好きな人たちが、事故に遭わず病気にならず、幸福な天寿が全う出来ますように」

「一つと言いながら、ずいぶん盛り込んだわね。他には？」

「うーん……、東大に現役で受かる学力とか、決して喧嘩に負けない格闘の技術とか、全ての外国語が話せるとか、忙しくも暇でもない一流の売れっ子作家になるとか、それから精力絶倫でスポーツ万能の健康体になって、抱きたい女性は必ず落ちるとか」

明男は言いながら股間が熱くなってきてしまった。

何しろ読書以外に関心があるのは、とにかく毎日、二回三回としているオナニーなのだ。

もちろん明男は、まだファーストキスも知らない童貞で、片思いの女性はいるが告白も出来ず、夜毎に悶々と抜くだけだった。

担任の独身美人教師、メガネで清楚な二十九歳の黒川華保《くろかわかほ》や、クラス一の美少女、深田真奈《ふかだまな》の面影でオナニーしているが、現実として生身を相手にすることなどないだろうと諦めている。もちろん、もし願いが叶うなら妄想ではなく、実際にしてみたくて堪らなかった。

華保に手ほどきを受け、セックスを覚えてから、まだ無垢であろう真奈を抱いてみたい、それが妄想オナニーの定番だった。

「それぐらいのことは、どうにでもなるわ」

ルナが、事も無げに答えた。

「え……、いま言ったことが全部叶いますか……」

「どれも私の力のほんの一部で充分だから、与えた上で観察したいわ」

「うわ、どうかお願いします！」

明男は言い、深々と頭を下げた。

「私の体液を飲めば、すぐに力が付くわ」

言いながらルナが立ち上がり、いきなり黒と白のドレスを脱ぎ去りはじめたではないか。

下には何も着けておらず、見事に均整の取れた白い裸身が露わになった。

乳房も形良く、ウエストのくびれから腰の丸みに続き、スラリとした長い脚が伸びている。

「な、何て……」

綺麗だと言おうとしたが、あまりの興奮に言葉が続かない。

もちろん女性の全裸を見るなど、生まれて初めてのことだ。

「い、異次元でも、みんなその身体を……？」

「これは君の前に姿を現す時だけのもの。顔も身体も適当に選んだだけよ」

「じゃ、本来の姿は……」

グロテスクな怪物姿だと嫌だなと思ったが、

「形はないの。液状の不定形」

ルナが答え、よく分からなかったがまずは安心した。

「じゃ横になって」

「い、いてて……」

言われて明男は立ち上がろうとしたが、あまりに股間が突っ張っているので圧迫され、押しつぶれそうだった。

「どうしたの、すごく勃起したなら君も脱ぎなさい」

ルナが言うと、彼も手早く全裸になっていった。

異性の前で裸になるのも初めてのことである。

とにかくピンピンに勃起し、見られる羞恥を感じながら彼はベッドに仰向けになった。

すると、すぐにもルナが明男を大股開きにさせ、真ん中に腹這い、顔を寄せてきたのだ。

「ふうん、これが地球人の男のペニスね。これが陰嚢《いんのう》、中に睾丸が二つ」

ルナは熱い視線を這わせて言いながら、しなやかな指で幹を撫で、陰嚢をいじってコリコリと睾丸を探った。

「あう……」

明男は呻き、美女の視線と指の感触だけで果てそうになった。

「いきそう？　一度出して落ち着くといいわ」

ルナが股間から囁《ささや》き、とうとう肉棒の裏側を舐め上げ、先端まで来ると粘液の滲んだ尿道口をチロチロと舐め回してくれた。

「あう、シャワーも浴びていないのに……」

「そんなの構わないわ」

彼女が答え、さらにスッポリと喉の奥まで含み、幹を締め付けて吸い、ネットリと舌をからめてきたのだった。

「アア……、き、気持ちいい……」

明男は腰をくねらせて喘ぎ、急激に絶頂を迫らせた。

まだファーストキスもしていないのに、最初から強烈なフェラチオをされているのである。

歯も舌も仮の姿だろうに、口の中は温かな唾液に濡れていた。

朦朧としながら無意識にズンズンと股間を突き上げると、ルナも合わせて顔を小刻みに上下させ、スポスポとリズミカルな摩擦を開始してくれた。

黒と白に分かれた長い髪がサラリと股間を覆い、普通に呼吸もしているのか、その内部に熱い息が籠もった。

「い、いく……、アアッ……！」

ひとたまりもなく彼は昇り詰めて喘ぎ、熱い大量のザーメンを噴出した。

「ンン……」

喉の奥に熱いほとばしりを受けたルナが小さく声を洩らし、なおもチューッと吸い出してくれたのだ。

「あう、すごい……」

射精と同時に吸われるものだから、ドクドクと脈打つリズムが無視され、魂まで吸い取られるような快感に彼は呻いて腰を浮かせた。まるでペニスがストローと化し、ザーメンが陰嚢から直に吸い出されているようだ。

しかも美女の口を汚したという感覚より、彼女の意思で貪られている気持ちの方が強かった。

まさにオナニーでは得られない、その何百倍もの快感である。

やがて彼は腰をくねらせながら、最後の一滴まで出し尽くしてしまった。

すっかり満足しながらグッタリと身を投げ出すと、ルナも動きを止め、亀頭を含んだまま口に溜まったザーメンをゴクリと飲み込んでくれたのだ。

「く……」

喉が鳴ると同時に口腔がキュッと締まり、彼は駄目押しの快感に呻いた。

ようやくルナがスポンと口を離し、なおも余りを絞るように指で幹をしごき、尿道口に脹《ふく》らむ白濁の雫《しずく》まで丁寧に舐め取ってくれた。

「あう、も、もういい……」

明男は腰をよじって呻き、幹をヒクヒクと過敏に震わせた。

するとルナも舌を引っ込めて股間を這い出し、

「これが生きた精子の味なのね」

チロリと舌なめずりして添い寝してきた。嫌そうではなく、何やら魚卵か何かの珍味を賞味した感じなのかも知れない。

彼はルナの腕をくぐり、腕枕してもらい胸に顔を埋めながら余韻を味わった。

ちゃんと呼吸し、密着した肌の奥では血が通っているようだ。

「今は身体の中も、人間そのものなの……？」

明男は、呼吸を整えながら訊いてみた。

「ええ、二十五歳のモデルの何人かを参考にしてこの身体を作ったので、血流も内臓の機能も全て人と同じ」

彼女が答えた。

では、ちゃんと感じれば濡れるだろうし、分泌される体液には異次元の力が秘められているのだろう。

「でも、温もりはあるけど何の匂いもしない」

「匂いがした方がいいなら、二十五歳の女性の平均的な匂いを宿らせるわね。いま午後五時半だから、お昼を済ませて午後の仕事を終えた時の体臭を」

ルナが言うなり、急に彼女の全身から甘ったるい匂いが漂ってきた。

3

「うわ、すごく興奮する……」

明男は、ルナから発せられる女の匂いで、ムクムクと急激に回復していった。

「いいわ、好きにしても」

ルナが仰向けの受け身体勢になったので、明男も上からのしかかり、まずは形良い乳房に迫っていった。チュッと乳首を含んで舌で転がし、顔じゅうで膨らみの感触を味わいながら、もう片方に指を這わせはじめた。

「ああ……」

ルナが喘ぐので、これも平均的な二十五歳の女性の反応をしているのだろう。

両の乳首を交互に含んで舐め回し、彼女の腕を差し上げて腋の下にも鼻を埋め込んでいった。

スベスベの腋は生ぬるくジットリと湿り、甘ったるい汗の匂いが鼻腔を掻き回してきた。明男が胸いっぱいに美女の体臭を吸い込むと、ペニスは完全に元の硬さと大きさを取り戻してしまった。

そして白い柔肌を舐め降り、形良い臍を探り、張りつめた下腹に顔全体を押し付けて弾力を味わった。

しかし射精したばかりだし、せっかく美女が好きにして良いと言って身を投げ出しているのだから、股間は最後の楽しみに取っておくことにした。

腰のラインから太腿に降り、スラリとした脚を舐め降りていった。

足首まで下りると彼は足裏に回り込み、踵から土踏まずを舐め、形良く揃った指の間に鼻を押し付けて嗅いだ。

指の股は汗と脂に湿り、蒸れた匂いが沁み付いていた。

明男は美女の足の匂いを貪り、爪先にしゃぶり付いて全ての指の股に舌を割り込ませて味わった。

「あう、くすぐったくて変な気持ち……」

ルナがビクリと足を震わせて呻くので、これが平均的な女性の反応らしい。

彼は両足ともしゃぶり、味と匂いを貪り尽くした。

そして股を開かせ、脚の内側を舐め上げていった。

白くムッチリとした内腿をたどり、股間に迫ると、ようやく憧れ続けた女性の神秘の部分に辿り着いた。

見ると、股間の丘には程よい範囲に恥毛が茂り、割れ目からはみ出した花びらがほんのり露を宿して潤っていた。

指を当てて陰唇を左右に広げると、中身が丸見えになり彼は思わずゴクリと生唾を飲んだ。

中の柔肉は綺麗なピンクで、膣口は花弁状に襞が入り組んで息づき、ポツンとした尿道口も確認できた。

包皮の下からは、真珠色のクリトリスがツンと突き立ち、股間全体には熱気と湿り気が籠もっていた。

もう溜まらずに顔を埋め込み、柔らかな恥毛に鼻を擦りつけて嗅ぐと、汗とオシッコの混じった蒸れた匂いが悩ましく鼻腔を刺激してきた。

胸を満たしながら舌を挿し入れ、生温かなヌメリを味わいながら膣口を探り、ゆっくりクリトリスまで舐め上げていくと、

「ああ、そこ気持ちいい……」

ルナがビクッと顔を仰《の》け反《ぞ》らせて喘ぎ、内腿でキュッと彼の両頬を挟み付けてきた。

恐らく彼女も、人間の女の快感を初めて味わっているのだろう。

明男は舌を這わせては、新たに溢れてくる淡い酸味の愛液をすすった。

さらに彼女の両脚を浮かせ、逆ハート型の形良い尻に迫った。

谷間には薄桃色の蕾がひっそり閉じられ、鼻を埋めて嗅ぐと蒸れた汗の匂いが感じられた。

やはりどこもシャワー付きトイレだから、この匂いが女性たちの平均的な匂いなのだろう。

舌を這わせて細かな襞を濡らし、ヌルッと潜り込ませて滑らかな粘膜を探ると、

「あう、そこも感じる……」

ルナが呻き、モグモグと味わうように肛門で舌先を締め付けてきた。

充分に舌を動かしてから脚を下ろすと、彼は再び割れ目に戻って舌を這わせ、ヌメリを舐め取りながらクリトリスを吸った。

「アア、もっと出すから飲んで……」

と、ルナが言うなり大量の蜜が溢れてきた。無味無臭で、愛液やオシッコではなく、恐らく異次元の力を秘めた体液なのだろう。

明男は喉を鳴らして飲み込むと、絶大な力が身の内に湧いてくる気がした。

「いいわ、じゃ入れて……」

ルナが分泌を止めて言うので、

「どうか、ルナが上になって」

彼は答えながら横になっていった。以前から、初体験は年上の美女と女上位で交わりたい願望があったのだ。

すると彼女も入れ替わりに身を起こし、仰向けの彼の股間に跨がってきた。

幹に指を添え、先端に濡れた割れ目を押し当てると、ゆっくり腰を沈めてきたのだ。

たちまち彼自身はヌルヌルッと滑らかに根元まで呑み込まれ、ピッタリと股間が密着した。

「アア、いい気持ち……、こうして子を作るのね……」

ルナが顔を仰け反らせて言い、明男も肉襞の摩擦と温もり、潤いと締め付けに包まれながら初体験の快感を味わった。

そして繋がると、ルナの想念が伝わってくるようだった。

彼女の世界では肉体が不定形の液状だから、それはアメーバのように増殖したり混じり合ったりし、やがて分裂して仲間が増えるようだ。

だからこそ永遠に近い寿命と高度な知性を持ち、手指がなくても惑星の一つや二つ作れるのだろう。それなりに快感もあるのだろうが、それは明男の計り知れないものに違いない。

ルナが身を重ねてきたので、明男も下から両手で抱き留め、両膝を立てて彼女の尻を支えた。

すると彼女が顔を寄せ、上からピッタリと唇を重ねてきたのだ。

明男も美女の唇の感触と唾液の湿り気を感じ、ファーストキスの感激に浸り込んだ。

もっとも互いの局部を舐め合い、最後の最後にキスするというのも奇妙なものである。

舌を挿し入れると、ルナもネットリとからめてくれた。

彼女の熱い鼻息で鼻腔を湿らせながら、明男は注がれる唾液で喉を潤した。

愛液も唾液も、飲み込むたびに未知の力が宿る気がした。

やがて舌をからめ合いながら、徐々にルナが腰を突き動かしはじめたので、彼も合わせてぎこちなくズンズンと股間を突き上げた。

次第に互いの動きがリズミカルに一致すると、ピチャクチャと湿った摩擦音が聞こえ、彼の快感が高まってきた。

「アア、いいわ……」

ルナが口を離して熱く喘ぐと、湿り気ある甘酸っぱい匂いが鼻腔を刺激してきた。これも二十五歳のモデルかOLの、平均的な午後五時半の吐息の匂いなのかも知れない。

肉襞の摩擦と締め付け、それに美女の息の匂いでたちまち明男は二度目の絶頂を迎えてしまった。

「いく……、気持ちいい……!」

彼は快感に口走りながら、ドクンドクンとありったけの熱いザーメンを勢いよくほとばしらせた。

「か、感じる……、アアーッ……!」

噴出を受け止めた途端、ルナも地球の女性と同じオルガスムスの快感を得たように喘ぎ、ガクガクと狂おしい痙攣を開始したのだった。

明男は溶けてしまいそうな快感を心ゆくまで味わい、最後の一滴まで出し尽くしていった。

すっかり満足して突き上げを弱め、グッタリと身を投げ出すと、

「ああ、良かったわ……」

ルナも肌の強ばりを解いて囁き、遠慮なく体重を預けてきた。

中出ししてしまったが、孕む心配だけはないだろう。

明男がやがて地球人の女性と交わる時、心に強く念じない限り妊娠しないという力ももらおうと思った。

まだ膣内がキュッキュッと息づくような収縮を繰り返し、刺激された幹が中でヒクヒクと過敏に跳ね上がった。

「ああ、中で悦んでいるわね……」

ルナが言い、彼は美女の重みと温もりを受け止め、甘酸っぱい果実臭の吐息を間近に嗅ぎながら、うっとりと快感の余韻に浸り込んでいったのだった。

「さあ、これで私の力が宿ったので、さっき言った願いは全て叶えられるわ」

ルナが言い、そろそろと股間を引き離して添い寝してきた。

ヌメリは全てルナが吸収したようで、拭かなくてもペニスは乾いた状態になっていたので、実に便利である。

「ああ、何だか生まれ変わったみたいに力が湧いてくる……」

明男は身の内の変化に気づいて言った。

「ええ、明日からいっぱい観察させて」

ルナも答え、やがて彼は初体験の感激の中で呼吸を整えたのだった。

4

(ああ、そうだ。昨日は初体験をしたんだ……)

翌朝、目を覚ました明男はルナとの経験を思い出して起き上がった。

昨夕、あれからルナは姿を消し、明男は一人で夕食を済ませ、風呂に入ったのだった。

あるいはルナは、人の形でいる時間が限られているのかも知れない。

食事は、ほとんど冷凍物をチンするだけで、昨夜はハンバーグとピラフだ。

調理や洗い物が面倒なので、家にあるのはレトルト食品ばかりで、真っ当な食事は昼に学食で取っている。

そう、昨夜は試しに教科書を開いてみたが、どの教科もスンナリ頭に入って、一度知ったことは忘れることもなくなっていた。

これなら確かに来春、現役で東大に受かりそうである。

そして試しに腕立て伏せをしてみたが、軽く百回クリア出来たのだ。鏡で見ても、痩せて色白の体型は全く変わっていないので、やはり筋力ではなく未知の力なのだろう。

朝食は、レトルトライスにインスタント味噌汁。海苔と卵に漬け物だ。

快食に快便、実に爽やかな気分で学生服に着替えた。

玄関で靴を履いたが、

(瞬間移動できるのかな……)

ふと思い、目を閉じてみた。すると学校の下駄箱付近の映像が浮かび、何人か登校してきた生徒の姿が見えた。

そこで柱の死角になっている部分に意識を集中し、目を開けると明男は一瞬で下駄箱の前に来ていたのだ。

(これは便利だ)

彼は思い、誰にも気づかれないまま上履きに履き替えた。これなら一瞬で、どこへでも旅行できそうである。

そして階段を上がっていくと、

「おい、待てよ。金は持ってきたか」

後ろから声をかけられた。見ると京吾が、いつもの二人を引き連れていた。

「こっちへ来い」

京吾が言い、二階にある空き教室に明男を引っ張り込むと、二人もすでにスマホを出して録画を開始していた。最近は少子化の影響で、誰もいない空いた教室が増えているのだ。

「早く百万出せ」

「そんなものは持って来ていない。それより今まで巻き上げた五十万を返せ」

明男が、じっと京吾の目を見返して静かに言うと、三人は目を丸くした。

「あれ？　俺の耳がどうかしたかな？　おい、北中《きたなか》、富山《とみやま》、こいつ今、俺に何て言った？」

京吾が二人を振り返って言った。

大柄で、何のクラブ活動にも所属していないが、柔道部や剣道部の個人戦には呼ばれて参加し、常に上位の成績を上げているスポーツ万能の男だ。

しかし今の明男は、全く恐くなかった。

そして二人が戸惑いながら何か答えかけようとした瞬間、京吾のパンチが素早く明男の頬に迫った。隙を狙った奇襲攻撃だ。

しかし、それより速く明男の掌底が京吾の顎に炸裂していた。拳骨だと死なせてし
まうかも知れないので掌底にしたのだ。

「うが……！」

京吾が奇声を発して白目を剝き、そのまま仰向けに倒れると、教室の隅から隅まで
ズズーッと滑って壁に激突した。

「うわ……」

スマホを撮っていた二人が声を上げ、ビクリと立ちすくんだ。

「今のも撮ったか。正義の怒りだ」

明男は笑みを浮かべて言い、二人に向き直った。

「ふ、藤井君、僕たちは何も……」

二人の腰巾着、北中と富山は、今までと全く違う明男のオーラに震え上がっていた。

「ああ、分かってる。柴浦に脅されて言いなりになっていただけだ。だから君たちに

は何もしないが、その代わり、今まで撮った動画を僕のスマホに送信してくれ。正式に学校に訴える」

「わ、分かった……」

「それから今まで奴に巻き上げられた金だが、君らも分け前をもらっていただろう。それらを全て返してもらう」

明男は、昏倒している京吾を指して言うと、

「あ、ああ……」

二人も頷いた。

やがて二人から今までの動画を明男のスマホに転送してもらい、それを確認すると、

「介抱してやれ」

そう言い置き、明男は空き教室を出たのだった。

四階にある三年一組の教室に入ると、明男はすでに来ている真奈の顔をチラと見てから席に着いた。

そしてホームルームが始まる前には、京吾も息を吹き返し、二人と一緒に教室に入ってきたのだった。京吾はまだフラつき、何が起きたか分からないように自分の席に着くと、そのとき担任の華保が入ってきた。

清楚なメガネ美女、セミロングの黒髪が艶やかで、案外胸も腰も豊かだ。

二年生の頃から担任なので、明男の両親の事故死にはずいぶん慰められ、気を遣ってもらったが、そのときは彼自身も動転していたので、あまり記憶に残っていない。

やがて出席を取り終えると、いくつかの注意事項を言ってから華保は教室を出ていった。

その彼女を追って、明男は廊下で声をかけた。

「黒川先生、これ見て下さい」

彼はスマホを出し、京吾が明男に暴力をふるっている動画を見せた。

「まあ……！」

華保は立ち尽くし、ほんのり甘い匂いを生ぬるく揺らめかせた。

「柴浦にいじめられていた証拠です。両親の保険金目当てに、今まで巻き上げられた金も、全て手帳に記録していて、総額は約五十万になります」

「ま、前にも柴浦君に殴られたって言ってたけど、彼に問い質《ただ》すと仲良くふざけていただけだって……」

「うわべは爽やかな奴の方を信用したんですね。でもこうした証拠があるので、学校で対処してくれないなら、全て教育委員会と警察に言いますので」

言うと華保はビクリと立ちすくんだ。

「わ、分かったわ。学年主任と校長先生に相談するので、教育委員会や警察に言うのは待って……」

「分かりました。早急にお願いします」

明男は答え、激しくうろたえている華保の様子に股間を熱くさせてしまった。

やがて彼は、急ぎ足で廊下を行く華保を見送ると教室へ戻り、その日の午前中の授業を全て受けたのだった。

やはり昨夜全ての教科書をパラパラ見ただけなのに、全て頭に入っていて、どの授業も物足りないほど簡単だった。

昼食は学食でカレーライスを食い、教室へ戻ろうとしたとき校内放送があり、呼び出された明男はその足で進路指導室へ行った。

ノックして入ると、そこに校長と学年主任、華保と京吾、北中と富山まで揃っているではないか。

京吾は項垂れ、顔を上げようともしない。

「藤井明男君だね。証拠の動画があるとか」

校長が言うので、明男は自分のスマホを取り出し、傍らにあったノートパソコンに接続した。こうした作業も、難なく最短時間でセットし、皆から見える位置に画面を向けて再生した。

体育館の裏での暴行は、今月の頭から昨日まで、合計十回に及び、画面の下には律儀に年月日と時間まで記されている。

「ううん……」

校長が唸り、主任も華保も悲痛な顔つきをしている。

「これが、巻き上げられた金の記録です。合計四十八万五千円。傷の治療も合わせて五十万返して欲しいです」

「あ、ああ……、いま柴浦君の親にも連絡を取って、向かってもらっているんだが……、黒川先生は、前に彼から相談されていたようだが、把握していなかったのですか？」

校長が言い、自分に話を振られた華保がビクリと硬直した。

「え、ええ、柴浦君に話を訊いたけど、遊んでいただけだって、それに彼は運動部に貢献している人気者なので……」

「まあ、教師の前では猫を被っていたというわけか。それに君たち二人も、暴行や録画に加わっていたね」

校長に言われ、北中と富山も青ざめて顔を上げたのだった。

5

「いえ、この二人は仕方なく柴浦の言いなりになっただけで、暴力もかなり手加減してくれていました」

明男は、北中と富山を庇うように言った。

かつての自分だって、京吾から脅されたら言いなりになっていたかも知れないからだ。

「だから、この二人は停学で反省文程度で良いと思います。でも柴浦は、退学でないと納得できません」

明男はきっぱりと言った。そうしなければ警察と教育委員会に言うぞと脅しているのである。

退学という言葉に、項垂れている京吾がビクリと身じろいだ。

「まあ、ご両親の事故は気の毒だと思うし、その賠償金や保険金を巻き上げるのは卑劣と思うが……」

校長が言ったとき、ノックされて一人の中年男が入って来た。

「し、柴浦です……」

男が言い、校長に言われて京吾の隣に座った。

父親の恭助《きょうすけ》で、仕事は車の営業で外回りだったため携帯で呼ばれ、すぐ駆けつけたようだった。

とにかく校長が一通り説明し、もちろん画像も見せると恭助は真っ青になり全身を小刻みに震わせはじめた。

どうやら京吾は家でも良い子を演じていたらしく、親にしてみれば青天の霹靂《へきれき》なのだろう。

「も、もちろんお金はお返しします。いえ、示談で何とか……」

線の細そうな恭助が恐縮しきって言い、京吾を怒鳴ったり殴ったりするタイプではないようだ。

「どちらにしろ教委に報告しなければなりませんので、処分は上と相談の上、あらためてと言うことで」

校長が言うと、昼休み終了のチャイムが鳴った。

「では、僕は授業に戻ります。告訴するかどうかは、今後も話し合いで決めましょう」

明男は言い、自分のスマホと手帳を回収して立ち上がった。

「君、申し訳ない……！」

出ていこうとする恭助が明男に言い、床に膝を突いて頭を下げた。

明男は会釈だけして、そのまま進路指導室を出るとクラスに戻ったのだった。

間もなく北中と富山も戻ってきたが、明男と目を合わせることはなく、京吾だけは戻ってこなかったのである。

そして明男は午後の授業を受け、帰りのホームルームに華保が来ることはなくそのまま彼は下校することにした。

下駄箱で靴を履き替えると、また彼は人目のないところでマンションに瞬間移動しようと思ったが、そのとき華保がやってきたのだ。

「藤井君……」

「あれからどうなりました？　もう僕はさっき言った通り、あとは先生方に任せますので」

「ごめんなさいね。最初に相談されたとき、私がしっかり対処していれば良かったのだけど……」

華保が言う。甘ったるい匂いが濃くなっているので、そのことで校長たちに絞られたのだろう。

「いえ、証拠がない以上柴浦はごまかすだけで、同じ結果になっていたことでしょう。それにしても、恥をかかせようと動画を撮っていたのが、動かぬ証拠になったのだから、本当にバカです」

明男は答え、どちらからともなく歩いて校門を出た。明日から土日の連休なので、華保も早く帰宅して気持ちを切り替えたいのだろう。

実際、もう問題は担任教師が対処できる域を超えているのだ。

「まず、退学は免れないでしょうね。どこかの私立に編入するにしても、柴浦さんはあまり裕福ではなさそうで大変だわ」

恭助は恐らく高卒で頑張り、京吾が家系で初の大学出になることを楽しみにしていたようだった。

「ははあ、悪いのはいじめられた僕ですか」

「そ、そんなこと言ってないわ。ただ、お父さんはあまりにショックだったようだから」

「証拠がなければ突っぱねるタイプですよ」

明男は言い、少し歩いただけで華保のハイツに着いてしまった。行ったことはないが、年賀状で住所は知っている。

「もう少し、先生の部屋でお話ししていいですか」

明男が股間を熱くさせて言うと、

「ええ……」

華保は小さく答え、一瞬周囲を窺ってからキーを出してドアを開けてくれた。

これも明男のパワーで、拒むことが出来なくなっているのかも知れない。

華保の部屋は一階の端で、上がり込むと彼女はドアを内側からロックした。

もちろんいつもの習慣なのだろうが、明男は密室に入ったことで激しく胸が高鳴ってきた。

部屋は広いワンルームで、キッチンは清潔にされ、奥の窓際にベッド、手前に机と本棚、あとは食事用のテーブルやテレビなどが機能的に配置され、室内には生ぬるく甘い匂いが籠もっていた。

処女ということはないだろうが、今は男が訪ねて来ているような様子もなくフリーらしい。

担任を持って二年目で、今は忙しい教師の仕事に専念しているようだった。

「とにかく、あとは校長と教委に任せて、先生は嫌なことなど忘れて下さい」

「ええ……、お茶でも淹《い》れるわ」

「いえ、それより何もかも忘れるため、僕にセックスの手ほどきをして下さい。前から先生に憧れていたんです」

明男は言い、彼女の手を引いて奥のベッドへ誘った。以前の自分なら決して出来ない言動だが、今は気負いも緊張もなく、絶大な性欲だけが彼を支配していたのである。

「そ、そんな……」

「前から僕、先生を初体験の相手だったらいいなと思ってました」

明男は勢い込んで言った。

本当は昨日すでに初体験しているのだが、あれはルナが作り上げた仮の肉体であり、地球人の女性に触れるのは初めてなので、決して彼は嘘を言っているわけではない。

「じゃ脱いで下さい、全部」

明男は言い、自分から手早く学生服とズボンを脱ぎはじめた。

華保もモジモジとためらっていたが、やはり彼の絶大なパワーに影響されたのだろう、やがてそろそろとブラウスのボタンを外しはじめた。

彼氏いない歴何年か知らないが、それなりに欲求も溜まっているようで、いったん脱ぎはじめると華保もためらいなく、彼の淫気に巻き込まれるように脱いでいった。

先に全裸になると、明男はベッドに横になった。

枕には、華保の髪や汗、涎などの匂いが悩ましく沁み付き、胸を満たすたびにその刺激が股間に伝わってきた。

華保は背を向けて黙々とブラウスを脱ぎ、白い背中を見せた。

脱いでいくたびに、服の内に籠もっていた熱気が解放され、さらに濃く甘ったるい匂いが室内に立ち籠めた。やはり今日は緊張の連続で、すっかり汗ばんでいるのだろう。

それでもシャワーを浴びることを忘れるほど、彼の性欲に影響されているようだった。

彼女はスカートとストッキングを脱ぎ去り、ブラの背中のホックを外し、最後の一枚をゆっくり下ろしていった。

彼の方に白く豊満な尻が突き出され、明男は見ているだけで暴発しそうなほど興奮を高めた。

やがて一糸まとわぬ姿になると、華保が胸を隠して向き直った。

「あ、メガネだけはかけてください。いつも見ている顔が好きなので」

言うと、華保も全裸にメガネだけかけてくれた。素顔も美しいが、やはり彼は華保の知的なメガネが好きなのだ。

そしてメガネをかけるとき、胸から手が離れ、豊かな乳房が見えた。

ほっそりして見えるが、着痩せするたちなのか、巨乳と言っても良いぐらいの大きさである。

華保は横になり、胸を隠すようにうつ伏せになった。

明男は身を起こし、憧れの美人教師の背中と尻を見下ろした。

そして屈み込み、セミロングの髪に鼻を埋めて嗅いだ。

リンスの甘い匂いがして、掻き分けながら耳の裏側の湿り気を嗅ぐと蒸れた匂いが感じられた。

舌を這わせ、そのままうなじから肩、滑らかな背中を舐め降りていくと、ブラのホック痕は淡い汗の味がした。

(とうとう憧れの華保先生に触れているんだ……)

明男は感激に包まれながら、生まれて初めて接する地球人の女性に興奮を高めていったのだった。

第二章　美少女の部屋

1

「アアッ……、ふ、藤井君……」

背中が感じるらしく、華保が顔を伏せたままクネクネと悶えて喘いだ。

明男は満遍なく滑らかな背中を舐め回し、たまに脇腹にも寄り道しながら下降していった。

そして尻の丸みをたどり、谷間は後に取っておくことにし、脚を舐め降りた。

太腿から汗ばんだヒカガミ、脹ら脛《はぎ》からアキレス腱、踵から土踏まずに舌を這わせると、彼は膝を折り曲げて足を浮かせた。

足指の間に鼻を押し付けると、やはり指の股はジットリと汗と脂に湿り、ムレムレの匂いが濃く沁み付いて鼻腔が刺激された。

（ああ、華保先生の足の匂い……）

明男は興奮に包まれながら蒸れた匂いを貪り、爪先にしゃぶり付いて指の股に順々に舌を割り込ませて味わった。

「あう、ダメ……！」

華保が言って身を震わせたが、明男は構わず両足とも、全ての味と匂いを貪り尽くしてしまった。

充分に味わうと、彼はうつ伏せのまま華保の股を開かせ、脚の内側を舐め上げていった。

白くムッチリした内腿をたどり、指で尻の谷間をグイッと広げると、奥にひっそり閉じられたピンクの蕾が見えた。

ルナのものと違い、ややレモンの先のように突き出た艶めかしい形で、鼻を埋め込むと顔じゅうに弾力ある双丘が密着した。

蕾にはやはり蒸れた匂いが籠もり、さらに彼は舌を這わせて細かに収縮する襞を濡らし、ヌルッと潜り込ませて粘膜を探った。

「く……！　嘘……」

華保が息を詰めて言い、キュッときつく肛門で舌先を締め付けてきた。

あるいは元彼に、ここを舐められていないのかも知れない。こんな可憐で艶めかしい場所を舐めない男がいるなど信じられない思いである。

滑らかな粘膜は、淡く甘苦いような微妙な味覚があり、彼は舌を出し入れさせるように蠢かせた。

「あう、ダメ、そんなところ……」

華保が呻き、拒むように尻をくねらせ、刺激を避けるようにゴロリと仰向けになってきた。

彼もいったん顔を上げ、華保の片方の脚をくぐり、股間に顔を迫らせた。

とうとう美人教師の股の間に辿り着いたのだ。

見ると黒々と艶のある恥毛がふんわりと茂り、割れ目からはみ出す花びらはヌメヌメと熱く潤っていた。

指で陰唇を広げると、膣口が息づき、包皮の下からはルナより大きめの、小指の先ほどのクリトリスがツンと突き立っていた。

光沢ある亀頭が小さなペニスのようで艶めかしく、レモンの先のような肛門もそうだが、やはりどんな美女でも全裸にしてみなければ細かな形は分からないものだと思った。

「アア、そんなに見ないで……」

華保が、股間に彼の熱い視線と息を感じて喘いだ。

彼は堪らずに顔を埋め込み、柔らかな恥毛に鼻を擦りつけて嗅ぐと、ルナよりずっと濃厚な汗とオシッコの蒸れた匂いが、馥郁《ふくいく》と鼻腔を掻き回してきた。

胸を満たしながら舌を挿し入れ、膣口の襞をクチュクチュ掻き回し、柔肉をたどってクリトリスまで舐め上げていくと、

「アアッ……！」

華保がビクッと顔を仰け反らせて喘ぎ、内腿でムッチリと彼の顔を挟み付けてきた。

明男は悩ましい匂いに酔いしれながら、舌先でチロチロと弾くようにクリトリスを刺激すると、愛液の量が格段に増していった。

「アア……、いい気持ちよ、お願い、藤井君、入れて……！」

とうとう華保が我を忘れて喘ぎ、ヒクヒクと白い下腹を波打たせた。

明男も、ここでいったん挿入したくなり、身を起こして股間を進めた。

急角度にそそり立つ幹に指を添えて下向きにさせ、先端を濡れた割れ目に擦り付け、

充分に潤いを与えてから押し付けた。

生まれて初めての正常位である。

「もう少し下……、そう、そこ、来て……」

探っていると華保が言い、僅かに腰を浮かせて誘導してくれた。位置が定まると、押し付けた途端に張りつめた亀頭がヌルリと潜り込んだ。

「あう、もっと奥まで……」

華保が口走り、彼もヌメリに合わせてヌルヌルッと一気に根元まで挿入していった。

肉襞の摩擦と締め付けが心地よく、ピッタリと股間を密着させて温もりと感触を味わった。

「脚を伸ばして、重なって……」

華保が言って両手を伸ばしていたので、抱き寄せられるまま彼も脚を伸ばし、身を重ねていった。

「アア……、とうとう生徒と一つに……」

華保が感極まったように言い、若い無垢なペニスを味わうようにキュッキュッと締め付けてきた。

あるいは華保は、日頃から生徒とのセックスを妄想してオナニーしていたのかも知れない。

それは自分のようなネクラ男ではなく、あのスポーツマンの京吾ではないかと思ったが、そんな嫉妬も湧かないほど彼は目の前の美女と快感に専念していた。

まだ動かず、屈み込んで巨乳に顔を埋め込んでいった。

チュッと乳首に吸い付いて舌で転がし、顔じゅうを柔らかな膨らみに押し付けて感触を味わった。

両の乳首を充分に味わってから、ルナにもしたように腋の下に鼻を押し付けて嗅ぐと、濃厚に甘ったるい汗の匂いが悩ましく鼻腔を刺激してきた。

胸を満たして酔いしれてから、彼女の白い首筋を舐め上げ、上からピッタリと唇を重ねていった。

「ンンッ……！」

華保が呻き、微かに眉をひそめながらも差し入れた彼の舌に吸い付いてきた。

舌をからめると、生温かな唾液に濡れた美人教師の舌が滑らかに蠢いた。

彼女の熱い鼻息で鼻腔を湿らせ、レンズも二人の息に曇りがちになった。

すると華保が下から両手を回し、待ち切れないようにズンズンと股間を突き上げはじめたのだ。

彼の胸の下で押し潰れた巨乳が心地よく弾み、恥毛が擦れ合い、コリコリする恥骨の膨らみも伝わってきた。

明男も合わせて腰を遣うと、あまりの心地よさに、いつしか股間をぶつけるように激しく律動していた。大量に溢れる愛液が動きを滑らかにさせ、クチュクチュと湿った摩擦音も聞こえてきた。

「ああ、気持ちいいわ、いきそうよ……」

華保が口を離し、淫らに唾液の糸を引きながら熱く喘いだ。

開いた口に鼻を押し込むようにして嗅ぐと、花粉のような匂いに、淡いオニオン臭が混じって悩ましく鼻腔が刺激された。

やはり喘ぎ続けて口内が乾き気味になり、今日は緊張の連続だったので、かなり匂いが濃くなっているのだろう。

(これが華保先生の口の匂い……)

明男は、感激と興奮に包まれながら胸を満たした。

日頃颯爽と国語の授業をする清らかな声は、このように艶めかしい匂いをさせていたのだ。

腰を突き動かしながら、彼はネットで覚えた知識を思い出した。

律動は、突くより引く方が良いということだ。亀頭の傘は、前の男が中に放ったザーメンを掻き出すためにあったらしい。

だから明男も、突くよりも引く方を意識して動いた。

さらに浅い動きを繰り返し、たまにズンと深く入れるという、九浅一深のリズムを行った。

こうしたテクが駆使できるほど、彼は華保より精神的に優位に立っているのだろう。

それでも動くうち快感が高まり、いよいよ絶頂が迫ってきた。

すると、先に華保の方がガクガクと狂おしいオルガスムスの痙攣を開始したのだった。

「い、いっちゃう……、アアーッ……！」

華保が声を上ずらせ、膣内の収縮と潤いを増していった。さらにブリッジするように腰を跳ね上げ、彼の全身まで奥へ吸い込むようだった。

明男も突き上げにバウンドしながら抜けないよう動きを合わせ、彼女の収縮に巻き込まれるように、続いて昇り詰めた。

「いく……、気持ちいい……！」

彼は突き上がる大きな絶頂の快感に口走り、熱い大量のザーメンをドクンドクンと勢いよくほとばしらせてしまった。

「あう、熱いわ、もっと……！」

奥深くに噴出を感じ、華保が駄目押しの快感を得たように呻いた。

明男は快感を嚙み締め、心置きなく最後の一滴まで出し尽くしていった。

「ああ……」

彼は声を洩らし、今こそ本当の初体験を終えたような充足感の中で、徐々に力を抜いてもたれかかっていった。

いつしか華保は失神したようにグッタリと身を投げ出していたが、まだ膣内は名残惜しげな締め付けを続けていた。

その刺激に幹がヒクヒクと過敏に跳ね上がり、彼は美人教師の熱い濃厚な吐息を間近に嗅ぎながら、うっとりと快感の余韻に浸り込んでいったのだった。

2

「ね、先生、オシッコしてみて」

バスルームで、互いの股間を洗うと明男は思いきって言ってみた。

どうにもルナのほとばしる体液を飲んでから、美女から出たものを取り入れたくなったのだ。

「そ、そんなの無理よ……」

「ほんの少しでいいから」

明男は床に座って言い、目の前に華保を立たせた。

そして片方の足を浮かせてバスタブのふちに乗せさせると、開かれた股間に顔を埋めた。

流してしまったので、残念ながら濃厚だった匂いは薄れてしまったが、それでも舐めると新たな愛液が溢れて舌の動きがヌラヌラと滑らかになった。

さすがにバスルームでは彼女もメガネを外していたので、何やら見知らぬ全裸の美女と一緒にいるような興奮が湧き、彼はムクムクと回復して、たちまち元の硬さと大きさを取り戻してしまった。

「アア……、ダメよ、離れて……」

どうやら尿意を高めたらしく、華保がガクガクと膝を震わせて言った。

これも、やはり彼のパワーで拒めなくなっているのだろう。

舐めているうち、奥の柔肉が迫り出すように盛り上がり、たちまち温もりと味わいが変化してきた。

「あう、ダメ、出ちゃう……、アアッ……！」

華保が身じろいで言った途端、チョロチョロと熱い流れがほとばしってきた。

明男は嬉々として口に受け、恐る恐る喉に流し込んでみた。それは味も匂いも淡いもので、薄めた桜湯のように抵抗なく飲み込めた。

「アア……」

いったん放尿してしまうと流れは止められず、彼女は喘ぎながら勢いを増して注いだ。

口から溢れた分が温かく胸から腹に伝い流れ、すっかり回復しているペニスが心地よく浸された。

それでもピークを過ぎると急に勢いが衰えて、間もなく流れは治まってしまった。

ポタポタ滴る余りの雫に愛液が混じり、ツツーッと糸を引いて滴った。

彼は舌を這わせて雫をすすり、割れ目内部を舐め回すと、たちまち残尿が消え去り、淡い酸味のヌメリが満ちてきた。

「も、もうダメ……」

華保が言って足を下ろし、力尽きたようにクタクタと椅子に座り込んでしまった。

彼はもう一度互いの全身にシャワーの湯を浴びせると、華保を支えて立ち上がり、身体を拭いてベッドに戻った。

「ね、今度は先生がして」

再びメガネをかけさせると、明男は言って仰向けになり、大股開きになった。

華保も彼の股間に腹這いになってきたので、彼は自ら両脚を上げて指で尻の谷間を開いた。

「ここ舐めて」

勃起した幹をヒクつかせて言うと、華保も厭わず顔を寄せ、チロチロと肛門を舐めはじめてくれたのだった。

「あう、気持ちいい、中にも入れて……」

言うと華保も自分がされたようにヌルッと舌を潜り込ませ、彼はモグモグと肛門で美女の舌先を締め付けた。

華保が熱い鼻息で陰嚢をくすぐりながら、中で舌を蠢かせると、内側から刺激されるように勃起した幹がヒクヒクと上下した。

やがて脚を下ろすと華保も自然に舌を引き離し、鼻先にある陰嚢を舐め回してくれた。

二つの睾丸を舌で転がすと、今度は熱い鼻息が肉棒の裏側をくすぐった。

ここも実に心地よい場所である。

しかも相手は人ではないルナと違い、ためらいや戸惑い、羞じらいの多い教師だから、明男の快感も最大限に膨れ上がっていた。

やがて袋全体が華保の生温かな唾液にまみれ、明男がせがむように幹を上下にヒクつかせると、彼女も顔を進め、肉棒の裏側をゆっくり舐め上げてきた。

滑らかな舌先が先端まで来ると、華保は粘液の滲む尿道口をチロチロと探り、張りつめた亀頭を咥えてくれた。

そのままスッポリと喉の奥まで呑み込まれると、彼の快感の中心部が温かく濡れた快適な口腔に包まれた。

彼女は深々と含み、口の中でクチュクチュと舌をからめながら、熱い鼻息で恥毛をそよがせた。

「ああ、気持ちいい……」

明男は快感に包まれて喘ぎ、思わずズンズンと股間を突き上げた。

「ンン……」

喉の奥を突かれた華保が小さく呻き、さらに大量の唾液を分泌させた。そして彼女も合わせて顔を上下させ、濡れた口でスポスポとリズミカルな摩擦を繰り返してくれた。

明男は急激に高まり、華保の口を汚したい衝動に駆られたが、ここはやはり一つになって膣内に射精したかった。

「い、いきそう……、上から跨いで入れて……」

明男が言うと華保も動きを止めるとスポンと口を離し、身を起こして前進してきた。やはり彼女も口に出されるよりは、もう一度さっきのような激しい絶頂が得たいのだろう。

華保は明男の股間に跨がり、自分で先端に割れ目を押し付けると、息を詰めてゆっくり腰を沈めてきた。

張りつめた亀頭が潜り込むと、あとはヌルヌルッと滑らかに根元まで嵌まり込んでいった。

「アアッ……!」

ピッタリと股間を密着させた華保が顔を仰け反らせて喘ぎ、彼もあらためて肉襞の摩擦と温もりを味わった。

両手を伸ばして抱き寄せると、彼女も身を重ね、明男は両膝を立てて尻を支えた。

胸に巨乳が押し付けられ、彼は下から唇を重ねて舌を潜り込ませていった。

滑らかな前歯を舌で左右にたどり、引き締まったピンクの歯茎まで舐め回すと彼女も歯を開いて舌を触れ合わせてきた。

明男も両手でしがみつき、ズンズンと股間を突き上げると、

「アアッ……！」

華保が口を離して熱く喘いだ。

「ね、先生、唾を垂らして、いっぱい」

彼は、濃厚な花粉臭の吐息を嗅ぎながらせがんだ。

華保も言いなりになり、乾き気味の口に懸命に唾液を溜め、形良い唇をすぼめて迫り、クチュッと白っぽく小泡の多い唾液を吐き出してくれた。

それを舌に受けて味わい、うっとりと飲み込むと甘美な悦びが胸に広がっていった。

その間も股間の突き上げが続き、大量の愛液で動きが滑らかになった。

溢れた分が陰嚢の脇を伝い流れ、彼の肛門の方まで温かく濡らしてきた。

「ああ、またいきそうよ……」

華保が口走り、自分も突き上げに合わせて腰を動かし、収縮と潤いを増していった。

ピチャクチャと淫らに湿った摩擦音が響き、彼もいよいよ限界を迫らせながら、彼

女の喘ぐ口に鼻を押し込み、濃厚な吐息でうっとりと胸を満たした。

「しゃぶって……」

言うと華保も快感に任せ、まるでフェラチオするように彼の鼻の頭にしゃぶり付き、唾液でヌルヌルにしてくれた。

「あう、いく、気持ちいい……！」

たちまち明男は口走り、美人教師の唾液のヌメリと息の匂い、締め付けと摩擦の中で昇り詰めてしまった。激しい快感とともに、ドクンドクンとありったけの熱いザーメンを放つと、

「い、いく……、すごいわ、アアーッ……！」

噴出を感じた途端、華保もオルガスムスのスイッチが入ったように声を上ずらせ、ガクガクと狂おしい痙攣を開始したのだった。

明男は心ゆくまで快感を嚙み締め、最後の一滴まで出し尽くしていった。

「ああ……」

彼は声を洩らし、すっかり満足しながら徐々に突き上げを弱めていくと、いつしか華保も力尽きたように全身の強ばりを解き、グッタリと彼にもたれかかってきた。

やがて互いの動きが完全に止まっても、まだ膣内はキュッキュッと息づくように名

残惜しげな収縮を繰り返し、刺激されるたび射精直後で過敏になった幹がヒクヒクと震えた。

明男は美人教師の重みと温もりを受け止め、熱く湿り気あるかぐわしい吐息を間近に嗅ぎながら、うっとりと余韻を味わったのだった。

3

「だいぶ、いい展開になってきたわね」

明男が冷凍物で夕食を食べながらテレビのニュースを観ていると、ルナが現れて言った。

ルナは明男が京吾をやっつけたことや、担任の華保と交わったことなども全て観察しているのだろう。

「でも人間は面倒ね。担任から学年主任、校長から教委まで話が行くから、すぐに結論が出ないのよ。さっさとブチ殺せば良いだけなのに」

ルナが、女神でなく悪魔のように言った。

「うん、何かと面倒だけど、殺すより生きて苦しめたいので」

明男は夕食を終え、茶を飲みながら答えた。

テレビでは、煽り運転や町の強盗などのニュースが流れていた。

「最近は、車載カメラや防犯カメラが多くあるから、見たくもないリアル犯罪の映像を見させられるから嫌なんだ。映像の中の人物に、ここから攻撃できないものかな」

「簡単よ。瞬間移動して攻撃して、すぐ帰ってくれば良いだけ」

明男が言うと、ルナが事も無げに答えた。

「なるほど、それならアリバイも関係なくなる。地方とかで、土地勘がなくても行けるのかな」

「もちろん、画面のこことか、この男が今いる場所、と念じれば飛べるわ」

ルナの言葉を聞き、では真奈の部屋やアイドルの寝室にも行けるということで彼は急に股間が熱くなってきてしまった。

そして絶大なパワーがあるから、何度射精しても疲れずにすぐ回復できるのである。

世界征服できるほどの力を持ちながら、彼の最大の関心事は性欲の解消なのだった。

この世で最も気持ち良いのは美女を相手に射精することであり、二番目が喧嘩に勝つことだと明男は自覚するようになっていた。

そしてニュースを見るたび、正義の怒りに身が震えるのである。

「悪人があまりに多いから、いちいち生きて苦しめるよりも、まとめて地獄へ堕としたいな」

「地獄……？　人間が考え出した、あの世で罪を償う場所ね？　鬼たちがいて罪人をいじめまくる。面白いわ。作っちゃいましょうか」

ルナが目を輝かせて言う。

確かに、彼女のグループは地球を作ったのだから、その内部に地獄を作ることなど造作もないだろう。

「す、すぐ出来るの？」

「仲間に相談すれば、僅かの間に出来るでしょうね。裁決をする閻魔大王なんか作るのは面倒だから、君が決めていいわ。地獄一億年とか」

「わあ、じゃ地獄にいる間は飲食も出来ず眠れず、気を失ったり痛みが麻痺することもなく、もちろん自殺も出来ないから、最大限の痛みや苦しみを延々と味わわせられるね。そして何億年かの刑期を終えたら虫ケラに生まれ変わらせよう。二度と人には転生できず、しかも人間の記憶を持ったまま延々と虫に生まれ変わるのがいいな」

「いいわね、そういう考え好きよ」

ルナも顔を輝かせ、さらに観察し甲斐のある展開で、明男に力を与えて良かったと思っているようだった。

「捕まった犯罪者ばっかりでなく、女性をグーで殴った奴とか、オレオレ詐欺や悪戯メールする奴、ストーカーとか万引き犯まで、どいつもこいつも地獄へ堕とそう」

「それがいいわ。収監されている罪人で、初犯は出来心ということもあるから、前科二犯以上はみんな堕としましょう」

「刑務所がガラ空きになるから、体験ホテルにしたらいいね。あ、車内で脚を組んでる奴とか、歩き煙草でポイ捨てする奴らや、カーステレオを大音量で流してる奴らも地獄へ堕としてやろう」

二人はどんどんアイディアを出し、ルナも地獄のイメージを固めつつあるようだった。

「じゃ、私は戻って地獄作りを提案してくるわね」

ルナが立ち上がり、明男は名残惜しげに呼び止めた。

「あの、体液を補充して欲しいんだけど」

「こないだの分で、君の寿命分ぐらい充分に保つわ。それより人間の女を相手にしなさい」

ルナは答えるなりフワリと宙に浮き、そのまま姿を消してしまった。

一人残った明男は嘆息したが、もとより一人きりで暮らしているのだ。それに作り物や借り物のルナより、やはり生身の人間が良かった。

もちろん華保ならさせてくれるだろうが、今日の夕方にしたばかりなのだから他の女性の方が良い。

ここはやはり、真奈の部屋だろう。

異次元のパワーで、明男は一瞬にして、湯上がりで歯磨きも済ませ、下着も清潔な状態になった。

もちろん真奈の部屋に行ったことはないが、住所は知っているし、まだ午後七時だから、真奈は両親と夕食でもしている時間だろう。

そして飛ぼうとしたそのとき、いきなり電話が鳴った。

一人だし、スマホもあるから固定電話は解約しようと思っていた矢先である。

出ると、やはりセールス電話だった。

アポ無しで安全な遠くから、自分の利益だけのために電話してくるセールスが明男は大嫌いだった。

「あ、もしもし、藤井さんのお宅ですか。実は不動産の良いお話が」

「ああ、用はない」

相手の話の途中で、明男はすぐに受話器を置いた。しかし、またすぐにかかってきたので出てみた。

「どうしていきなり切るんですか！」

「用はないと言ったはずだ。忙しいんだ、この時間泥棒め！」

「何だと！」

相手が本性を現したように気色ばんだので、明男はキーッと超音波を発してやった。

「ギャーッ……！」

相手の悲鳴と倒れる音が聞こえ、明男は苦笑して受話器を置いた。恐らく鼓膜や三半規管、脳の一部が破壊されたことだろう。

あらためて明男はジャージ姿のまま真奈の家に飛んでみた。

深田家は、ごく普通の二階屋で、思った通り階下では家族が夕食を囲んでいるようだ。父親は平凡な会社員で母親はパート、真奈は一人っ子である。

二階にある真奈の部屋に入り込むと、生ぬるく甘ったるい思春期の体臭が立ち籠めていた。

灯りを点けなくても、パワーで夜目が利く。

窓際にベッド、学習机に本棚、小型の液晶テレビが壁に掛かっているが、ぬいぐるみやポスターなどはない。学力は優秀で、真面目で清楚、クラブ活動は華保が顧問をしている文芸部だ。

明男も読書や執筆が好きだが、やはり緊張してしまうので文芸部には入部しなかったのである。

クローゼットを開けると、通学用のセーラー服が吊されていた。

階下からは家族三人の談笑する声が聞こえているので、家族仲も良好なようである。

階下の脱衣所にも瞬間移動してみたいが、洗濯機には真奈の下着ばかりでなく父親のパンツや靴下も入っているだろうから止めておいた。

二階にもトイレと洗面所があるので、どうやら真奈専用らしい。二階にはもう一間あるが、そこは普段使われない客間のようだ。

明男は洗面所にある、ピンクの歯ブラシを手にして嗅いでみたが、微かなミント臭が感じられるだけだった。彼は少し舐め、ペニスを押し付けるようなことはせず、すぐに戻した。

トイレにも入ってみたが、便器の中は実に清潔に掃除され、隅の汚物入れも空で、便座の裏側にも排泄物の飛沫はない。

それでも毎日何度も真奈が下着を下ろし、お尻を付けて座っている、ピンクの便座カバーに頬ずりすると、彼はムクムクと痛いほど股間が突っ張ってきてしまった。

やがて真奈の部屋に戻り、枕に顔を埋め込んで嗅ぐと、やはり悩ましい匂いが濃く沁み付いて鼻腔が刺激された。

ここで抜いてしまおうか、とも思ったが、せっかく絶大な超人パワーがあるのにオナニーするのは勿体ない。いかに何度でも出来るとはいえ、やはり今の彼にオナニーは無駄打ちに思えた。

そう、ここでパワーを使うべきだろう。

真奈が上がってきたら、決して驚かぬよう念を送り、前から彼女は明男に好意を寄せていた設定を作り上げてしまえば良い。

ルナの力に依存し、自分だけ良い思いをするのも気が引けるが、せっかく選ばれて身に付いた力なのだから構わないだろう。

そして待つうち、やがて階段を上がる軽い足音が聞こえてきた。

どうやら夕食を終え、真奈は自室に引き上げてきたようだ。明男は激しく胸を高鳴らせ、勃起しながら彼女が入ってくるのを待ったのだった。

4

「まあ、藤井君……、どうして……」

部屋に入り、灯りを点けた真奈が、明男を見るなり目を丸くして言った。

悲鳴を上げなかったのは、さすがに彼の念が効いているのだろう。

「ああ、実はテレポーテーションが出来るようになったので、この世でいちばん好きな君の部屋に来てしまったんだ」

「テレポーテーション……？」

ショートカットで私服のブラウスに赤いスカートの真奈が言い、明男がベッドに座ると、彼女もそろそろと椅子に掛けた。

「それって、超能力……？　最近、藤井君変わったわ。どの授業で指されても正解できるし、何だか先生より頭が良くなったみたい……」

「ああ、勉強は元々出来るけど、超能力は最近急に身に付いたんだ」

「柴浦君に喧嘩で勝ったっていうけど、ひどいイジメをされていたって噂になってるわ」

「スマホ動画の証拠があったからね、あれは超能力じゃなく、あとは学校の問題だよ」

やはり、校内でも様々な噂が飛び交っているらしい。

そして真奈も、スポーツ万能の京吾に好意を持っていたのではないかと心配だったが、今の口調では大して意識していなかったらしく、明男も安心したものだった。

「で、真奈ちゃんは好きな人いるの？」

初めて真奈ちゃんなどと呼んでみたが、彼女は気にするふうもない。

明男は一月の早生まれだが、真奈はさらに遅い三月なので、まだ先月十七歳になったばかりの、笑窪が可憐な愛くるしい美少女である。

「いま別に好きな人はいないわ。勉強では、心の中で藤井君がライバルだと思っているけど。でも藤井君、さっき私のことをこの世でいちばん好きって言ったわね……」

「うん、ずっと好きだよ。だから来てしまったんだ。今までは緊張して話せなかったけど、今ならこうして普通に喋れるので」

明男が言うと真奈は、嬉しいとも恥ずかしいともつかぬ複雑な表情で俯いた。

階下では、母親が洗い物をして、父親は軽く一杯やりながらテレビでも見ているのだろう。

明日から土日なので、皆ノンビリしているらしく、もう親は二階に上がってこないようだ。

「じゃ、まだキスしたこともない？」

訊くと、真奈は俯いたまま小さくこっくりした。

「僕がしてもいい？」

明男は言い、身を乗り出して真奈の手を引き、ベッドに引き寄せた。

真奈も朦朧とし、いきなり部屋に彼が現れたことも、こんな展開になったことも把握していないようにフラフラと言いなりになった。

ベッドに並んで座り、肩を抱いて顔を寄せていくと真奈も拒まず、目を閉じて顔を差し出してきた。

そっと唇を触れ合わせると、心地よいグミ感覚の弾力が伝わり、ほんのりした唾液の湿り気も感じられた。

真奈は閉じた睫毛を微かに震わせ、身を強ばらせている。

明男は彼女にとってのファーストキスの感触を味わいながら、そろそろと舌を挿し入れていった。

綺麗に揃った歯並びを舌で左右にたどると、滑らかな感触が伝わり、やがて彼女の歯もおずおずと開かれて侵入を許してくれた。

舌を触れ合わせると、彼女の舌がビクッと奥へ避難しようとしたが、執拗に追いチロチロとからめると、徐々に真奈の舌も滑らかに蠢きはじめた。

生温かな唾液に濡れた美少女の舌が実に美味しく、彼は真奈の熱い鼻息で鼻腔を湿らせた。

間近に迫る頬は水蜜桃のように産毛が輝き、ほんのりピンクに上気していた。

そして彼が舌を蠢かせて唾液を味わいながら、ブラウスの胸にタッチすると、

「ああッ……！」

真奈がビクリと口を離し、肩をすくめて喘いだ。

明男は彼女の開いた口に鼻を押し付け、熱く湿り気ある吐息を嗅ぐと、ルナよりもっと濃厚に甘酸っぱい果実臭が感じられ、悩ましい刺激が鼻腔を掻き回してきた。

「いい匂い……」

「あん、待って、夕食後の歯磨きもしていないから……」

うっとり嗅ぎながら言うと、真奈が身を離そうとして声を震わせた。

恐らく彼女は、寝しなの入浴で歯磨きをするのだろう。

「いいよ、このままで。全部脱いでね」

明男が言いながら真奈のブラウスのボタンを外しはじめると、さすがに彼のパワーで、途中から彼女は自分で脱ぎはじめてくれた。

彼もいったん身を離して手早くジャージ上下と下着を脱ぎ去り、ピンピンに勃起しながら全裸でベッドに上った。

真奈も、甘ったるい匂いを生ぬるく揺らめかせながら、みるみる無垢な肌を露わにしていった。

最後の一枚を脱ぎ去ると、真奈は恥じらうように急いで彼の横に添い寝してきた。

明男は真奈の腕をくぐり、美少女に腕枕してもらう形になり、生ぬるく湿った腋の下に鼻を埋め込み、甘ったるい汗の匂いに噎《む》せ返りながら息づく乳房を観察した。

膨らみは形良く、さらに巨乳になる兆しを見せているが、さすがに乳首と乳輪は初々しい薄桃色をしていた。

彼は充分に美少女の腋の下を嗅いで胸を満たしてから、そろそろと移動してチュッと乳首に吸い付いていった。

「あう……」

真奈が呻き、くすぐったそうに身をくねらせた。

舌で転がし、顔じゅうで張りのある膨らみを味わいながら、もう片方の乳首にも指を這わせた。

次第に彼女はクネクネと身悶え、熱い息を弾ませて甘い匂いを漂わせた。

明男ものしかかり、左右の乳首を交互に含んで舐め回してから、無垢な肌を舐め降りた。

処女の肌はどこもスベスベで、彼は愛らしい縦長の臍を舌先で探り、張りつめた下腹の弾力を味わってから、腰から脚を下降していった。

体毛は薄く脛も滑らかで、彼は足首までいくと足裏に回り込んだ。

真奈は、もう何をされているかも分からないほどグッタリと身を投げ出し、ただ熱く荒い呼吸を繰り返すばかりだった。

足裏に舌を這わせ、縮こまった指の間に鼻を押し付けて嗅ぐと、やはりそこは汗と脂の湿り気があり、蒸れた匂いが悩ましく沁み付いていた。

充分に嗅いでから爪先にしゃぶり付き、順々に指の股に舌を割り込ませて味わうと、

「アアッ……、ダメ……」

真奈が喘ぎ、じっとしていられないように腰をよじった。

彼は構わず押さえ付け、両足とも全ての指の股を貪り、味と匂いを吸収してしまった。

そして彼女の股を開かせ、健康的な脚の内側を舐め上げていった。

白くムッチリした内腿は実に滑らかで、明男は思い切り嚙みつきたい衝動に駆られた。

そして無垢な股間に迫ると、ぷっくりした丘には楚々とした若草がほんのひとつまみほど、恥じらうように煙っていた。

割れ目は丸みを帯び、まるで二つのゴムボールを並べて押しつぶしたようだ。間からはピンクの花びらが僅かにはみ出し、そっと指を当てて左右に広げると中は思っていた以上に清らかな蜜でヌラヌラと潤っていた。

処女の膣口が濡れて息づき、小さな尿道口も見え、包皮の舌からは小粒のクリトリスが顔を覗かせている。

とうとう長く片思いしていた美少女の、股間に迫ることが出来たのだ。

我慢できず顔を埋め込むと、

「く……！」

真奈が息を詰めて呻き、キュッときつく内腿で彼の両頰を挟み付けた。

明男はもがく腰を抱え込み、柔らかな若草に鼻を擦りつけて嗅ぐと、蒸れた汗とオシッコの匂い、それに処女特有の恥垢か、淡いチーズ臭も混じって鼻腔が刺激された。

明男は貪るように嗅いで胸を満たし、舌を這わせた。

膣口をクチュクチュ掻き回すと、ヌメリは淡い酸味を含み、すぐにも舌の動きが滑らかになった。

そのままクリトリスまでゆっくり舐め上げていくと、

「アアッ……！」

真奈が熱く喘ぎ、ビクッと顔を仰け反らせて内腿に力を込めた。

明男はチロチロと小刻みにクリトリスを探っては、新たに溢れてくる清らかな蜜をすすった。

充分に味と匂いを堪能すると、彼は真奈の両脚を浮かせ、オシメでも当てる格好にさせると、大きな水蜜桃のような尻に迫っていった。

谷間には、薄桃色の蕾がひっそり閉じられ、彼の視線を受けて細かな襞を収縮させていた。

蕾に鼻を埋め込むと、双丘が顔全体に密着し、明男は秘めやかに蒸れた匂いを味わってから舌を這わせていった。

5

「あう、ダメ、そんなところ……」

ヌルッと舌を潜り込ませ、滑らかな粘膜を探ると、真奈が呻き、キュッときつく肛門で舌先を締め付けてきた。

明男は執拗に舌を蠢かせ、ようやく顔を上げると彼女の脚を下ろし、再び割れ目に顔を埋め込んでいった。

愛液の量はさっきより格段に増え、彼はヌメリを舌で掬い取ってはクリトリスに吸い付いた。

「も、もうやめて……、恐いわ……」

絶頂が迫ってきたか、真奈が腰をよじって言い、懸命に彼の顔を股間から追い出しにかかった。

明男も這い出して添い寝し、美少女の熱く甘酸っぱい息を嗅ぎながら、彼女の手を握ってペニスに導いた。

すると真奈も恐る恐る触れ、やがてほんのり汗ばんだ手のひらにやんわりと包み込んでくれた。

そして好奇心を湧かせたように、ニギニギとぎこちなく愛撫してくれたのだ。

「自分でいじることあるの？」

「あるけど、途中で寝てしまうわ……」

幹を震わせながら訊くと、真奈が小さく答えた。

「いったことは？」

「よく分からないわ。さっきは何だか波が押し寄せるようで恐かったので……」

真奈が言う。してみると、クリトリスへのオナニーは少しだけで、まだオルガスムスは未経験なのだろう。

「ね、お口で可愛がって」

言いながら真奈の顔を下方へ押しやると、彼女も素直に移動した。

大股開きになると真奈は真ん中に腹這い、股間に顔を寄せてきた。

そして好奇心をいっぱいにして幹を撫で回し、陰嚢に触れてコリコリと睾丸を探り、袋をつまみ上げて肛門の方まで覗き込んだ。

明男は無垢な視線を受け、最大限に勃起した幹をヒクヒク震わせながら先端を濡らした。

観察を終えた真奈は再びペニスに戻り、身を乗り出して舌を這わせてくれたのだ。

滑らかな舌が裏筋を舐め上げ、先端に来ると粘液が滲んでいるのも厭わずチロチロと尿道口を舐め回した。

「ああ、気持ちいい……、深く咥えて……」

快感に喘ぎながら言うと、真奈も丸く口を開いてスッポリ呑み込み、幹を締め付けて吸い、中で舌を蠢かせてくれた。

たちまち彼自身は美少女の清らかな唾液に温かくまみれ、股間を見ると吸い付くたびに真奈の上気した頬に笑窪が浮かんだ。

「上下に動かして」

さらにせがむと、真奈も顔を上下させ濡れた口でスポスポと摩擦してくれた。たまに歯が触れるのも新鮮な刺激である。

「ああ、いきそう……」

股間に熱い息を受けながら高まり、明男は口走った。

このまま無垢な口を汚してしまうのも魅力だが、やはり一つになりたい。

「上から跨いで入れてみる？　超能力で、決して妊娠しないから安心して」

明男が言うと、真奈はチュパッと軽やかな音を立てて口を離し、身を起こして前進してきた。

やはり彼のパワーで、避妊の必要がないことは信用してくれたようだ。

やがて仰向けの彼の股間に跨がると、真奈は自分から先端に濡れた割れ目を押し付けてきた。そして自ら指で陰唇を広げ、位置を定めると意を決して腰を沈み込ませてきたのだった。

張りつめた亀頭が潜り込むと、あとは重みと潤いで、たちまちヌルヌルッと滑らかに根元まで嵌まり込んでいった。

「あう……」

真奈が眉をひそめて呻き、ぺたりと股間を密着させて座り込んだ。

上体を起こしたまま、まるで真下から短い杭にでも貫かれたように全身を強ばらせている。

明男も、肉襞の摩擦と大量の潤い、熱いほどの温もりときつい締め付けに包まれながら快感を味わった。

そして両手を伸ばして抱き寄せ、真奈がゆっくり身を重ねてくると、彼は両膝を立てて尻を支えた。

「大丈夫？」

「ええ……」

訊くと、真奈が健気に小さく答えた。破瓜《はか》の痛みに動けず、呼吸すらままならないようだ。

しかし、初体験の痛みを経験したのなら、もう快感を与えても良いだろう。

彼が念を送ると、徐々に痛みが和らぎ、男と一つになった充足感が彼女の全身を満たしはじめたようだった。

様子を見ながら徐々に股間を突き上げはじめると、

「ああ……、何だか……」

「痛くない？」

「何だか気持ちいいわ……」

真奈が奥に芽生えた未知の感覚を探りながら答え、膣内の収縮と潤いが増してきた。

彼もいったん動きはじめると、あまりの快感に突き上げが止まらなくなってしまった。

溢れる愛液で律動が滑らかになり、クチュクチュと摩擦音がして、真奈も無意識に合わせて腰を動かしはじめた。

両手でしがみつくと乳房が胸に密着して弾み、恥毛が擦れ合い、コリコリする恥骨の膨らみも伝わってきた。

「アア……、奥が、熱いわ……」

真奈が快感に喘ぎ、明男は美少女の開いた口に鼻を押し込んだ。

彼女の下の歯並びを鼻の下に引っかけてもらうと、口の中のかぐわしい熱気が悩ましく鼻腔を満たしてきた。

甘酸っぱい濃厚な果実臭に、唇で乾いた唾液の匂いが混じり、さらに夕食後の様々な成分に、下の歯の内側にある淡いプラーク臭の刺激も加わり、彼は美少女の口の匂いにゾクゾクと高まった。

そして気遣いも忘れて激しく股間を突き動かすと、

「い、いく……」

たちまち明男は口走り、匂いと摩擦の中で大きな絶頂の快感に全身を貫かれてしまった。

昇り詰めると同時に、ドクンドクンと熱い大量のザーメンを勢いよくほとばしらせると、

「あ、熱いわ、いい気持ち……、アアーッ……!」

噴出を感じた途端に、真奈も声を震わせてガクガクと狂おしいオルガスムスの痙攣を開始したのだった。

もちろん少々声が洩れても、階下の両親が気づかないよう念で操作している。

明男は真奈の処女を奪った快感を噛み締め、心置きなく最後の一滴まで出し尽くしていった。

「ああ……」

深い満足に声を洩らしながら、彼は徐々に突き上げを弱めていった。

真奈も力尽きたように全身の硬直を解き、グッタリと力を抜いて体重を預けてきた。

まだ膣内は異物を確かめるような収縮が繰り返され、刺激された幹が内部でヒクヒクと過敏に震えた。

そして明男は美少女の熱くかぐわしい吐息を胸いっぱいに嗅ぎながら、うっとりと快感の余韻を味わったのだった。

やがて互いに呼吸を整えると、真奈がそろそろと股間を引き離し、ゴロリと添い寝してきた。

明男は入れ替わりに身を起こし、枕元にあったティッシュで手早くペニスを拭いながら、彼女の股間に顔を寄せた。

陰唇が痛々しくめくれ、膣口から逆流するザーメンにうっすらと鮮血が混じっていた。それを見ると、正に処女を征服したのだという満足感が彼の胸を満たしてきた。

そっとティッシュを当ててヌメリを拭ってやると、

「あう……」

真奈がビクリと反応して呻き、あとは自分で割れ目を拭いた。

挿入時は通常の破瓜の痛みを感じ、あとはずっと夢のような快感が続いたはずだ。

これで真奈の初体験の記憶も、良いものになるだろう。もちろん決して後悔しないような念も送っている。

「じゃ、またしようね。僕は帰るから」

「本当に、テレポーテーションで帰るの……？」

囁くと、真奈が訊いてくる。

「ああ、二人だけの秘密だよ」

彼は答えてベッドを降り、手早くジャージに身を包むと、フワリと宙に浮かんで姿を消したのだった。

第三章　女教師の中に

1

（誰だ、こんな朝早くから……）

明男は、チャイムの音で目を覚ました。

土曜の朝である。時計を見ると午前九時だから、いつもよりずっと長く寝ていたようだ。

昨夜は昼間の華保、夜の真奈との体験を思い出しながら、彼はぐっすり眠ったのである。

もちろんいつものTシャツとトランクス姿でベッドを降りると、一瞬でジャージに着替え、爽やかな精神状態になっていた。

「はい……」

返事をしながら魚眼レンズを覗くと、背広姿の男が二人立っている。

明男は、チェーンも付けずにドアを開けてやった。

「朝からすみません。ちょっと伺いたいことがありまして」

中年男が言い、横の若い男と一緒に警察手帳を見せた。明男も、一瞬でそれが本物だと見抜いていた。

「何か」

「ええ、熊谷雅之《くまがやまさゆき》という名に覚えはありませんか」

中年の刑事が訊いてくる。

「いえ、その名前には覚えがないです」

「そうですか、昨夜お宅に電話をかけた男です」

「ああ、セールスの」

明男が言うと、刑事が大きく頷いた。

「ええ、どうも電話で攻撃をされたと言って、今は病院にいます。鼓膜が破れて立つことも出来ず、半身不随になりました。確かに、奴の電話の送信記録にここの電話番号がありましたので」

「はい、あんまりしつこいので思い切り怒鳴りました。その瞬間に、きっと持病の発作でも起きたんじゃないですか？」

明男が答えると、若い刑事がメモを取っていた。

「ええ、奴はヤクの売人やオレオレ詐欺の受け子なんかをしてきたチンピラで、今は悪徳不動産に拾ってもらってます。やはり妙な薬でもやっていたと思われますが、念のため電話機を拝見したいのですが」

「分かりました。どうぞ」

明男が答えると、二人は靴を脱いで上がり込んできた。

「高校生ですね？　保護者がいらっしゃらないということですが、あの事故は本当にお気の毒でした」

中年刑事が部屋を見回して言う。

やはり明男のことは来る前に調べてきたのだろう。

「ええ、ようやく落ち着きました。あ、家の親電話はここで、子機は僕の部屋です。それから、僕のスマホです」

明男が案内しながら言うと、刑事たちも電話機を調べた。

「確かに、奴からの着信記録が残ってますね」

刑事は言いながら、室内に何か妙な機械がないか確認しているようだ。

しかしどの部屋も機械いじりや改造が好きそうな様子はなく、多くあるのは本ばかりである。

刑事は親電話と子機、彼のスマホを見てから、父の書斎から亡き両親の部屋にまで入った。

すでにベッドや鏡台にはカバーが掛けられ、両親の衣類などは全て処分してしまっている。あるのは、いずれ明男が使うかも知れない亡父の背広やネクタイなどだけだった。

「機械などはないようですね」

「ええ、ありませんよ。怒鳴っただけなんですから。だいいち電話で攻撃できたら、簡単に暗殺できちゃうじゃないですか」

「なるほど、言われてみれば確かにそうですね」

中年刑事は言い、若い相棒を見て頷き合った。

「では、やはり熊谷の発作なのでしょう。お手数かけました」

刑事たちは頭を下げて言い、玄関で靴を履いた。

「あ、親子電話は間もなく解約しようと思います。スマホだけで充分なので」

「そうですか。分かりました。ではこれで」

二人は言い、すぐに去っていった。

別に、疑われないよう念を発するまでもなく、二人の刑事は最初から確認のためだけに来たようだった。

ドアを閉めてロックすると、明男はまた冷凍食品の朝食を摂《と》った。

もう全知全能に近いパワーがあるのだから、宝くじでも当てて旨いものでも食えば良いし、太らないよう健康的な体型も維持できるのだが、やはり習慣というのはそうすぐには変わらない。

やがて食事を終えて落ち着くと、そこへルナが現れた。

「地獄が出来上がったわ」

「もう！」

言われて、明男は目を丸くした。

まあ造物主で、時空まで関係なく行き来できるのだから、完成まで何日とかいう概念もないのだろう。

ルナがリビングのソファに座ったので、明男も並んで掛けると、液晶テレビの大画面に地獄の様子が映し出された。

見ると、角一本の青鬼と、二本の角の赤鬼たち大勢が、虎の褌《ふんどし》を着けて全裸の囚人たちを痛めつけている。鬼たちの姿は、人間が考え出した地獄のイメージから作られたものなのだろう。

「すごい……」

「急に刑務所が空っぽになるのも変なので、まずは前科十犯以上の者たちを送り込んだわ」

明男が感嘆すると、ルナが答えた。

「鬼たちに身体を粉々に粉砕されても、風の一吹きで元の身体に戻り、延々と責め苦が続くの。まずは全員一億年」

「囚人たちは、急に姿を消したの？」

「ええ、面倒なので、連中は最初からいないことにしたわ。だから看守も家族も誰一人心配するものはいない」

「なるほど」

「あとは順々に送り込んで、君もニュースを見て多くのバカ者どもを地獄へ堕として欲しいわ」

「分かりました」

明男が答えると、テレビ画面がニュースに変わった。

そこで彼は、映像に流れる窃盗犯や煽り運転、セクハラ男に痴漢などを、次々に念を送って地獄へと堕とした。

とにかく明男は、人のものを奪う奴が許せないのだ。

それは金でも命でも、品物や農作物でも誇りでも、奪う奴にはとことん苦しみを与えた。

急に姿が消えるところは誰にも見えず、悪質ドライバーなどの場合は車ごと消滅させ、奴らを知る人の記憶から消え去ることだろう。

もちろんいずれ海外にも目を向け、悪い奴らをどんどん送り込む。外人が東洋思想の地獄へ堕ちるのも妙だが仕方がない。

テレビを観ながら彼は次々に犯人を地獄へ堕とし、やがて一段落するとルナに欲情した。

「ね、少しだけ」

「ダメよ、今日はまだ忙しいの。また今度ね」

にじり寄って言うと、ルナは彼の心根を読んだように答えて立ち上がった。

「何しろ、地獄を作ったばかりだし、まだまだ捕捉する人間たちも多いのよ。それに観察する場所も増えたから」

時間などどうにでもなるだろうに、ルナはそう言うとフワリと浮かんで姿を消してしまった。やはりルナにとって、人間の男とのセックスなどあまり興味がないのだろう。

「あーあ……」

明男は残念そうに嘆息したが、作り物や借り物のルナより、もっと色っぽい女性がそのとき訪ねて来たのだった。

チャイムが鳴ると、今日は色んな人が訪ねてくる日だなと思いつつ、明男は返事をしてドアを開けた。

すると、四十前後でスーツ姿の美熟女が立っているではないか。

「はい、何か」

「あの、私、柴浦です。京吾の母です」

訊くと、女性が答えた。

心を読むと、美佐子《みさこ》という名だと分かったが、ずいぶん若くて美人だ。さらに調べると、短大を出た二十歳で恭助と結婚して京吾を生み、まだ三十九歳ということである。

その美熟女が、すっかり意気消沈して青ざめ、緊張に頬を強ばらせていた。

とにかく明男は、美佐子をリビングへ通した。

「では、お話を伺いましょう」

「まず、京吾のしたことは深くお詫び申し上げます」

彼が座って言うと、美佐子は立ったまま深々と頭を下げて答えた。

明男は頷いて再三ソファをすすめると、ようやく美佐子も腰を下ろして身を硬くした。

そして彼女は俯きながら、話を始めたのだった。

2

「ご両親のことはお気の毒ですし、その賠償金を狙った京吾は卑劣と思いますが今は深く反省しております。どうか、無理を承知で告訴を止めて、示談にして頂きたくて伺ったのです」

「そうですか。学校や教委からはどのように？」

言う美佐子に、明男は彼女の美貌に股間を疼かせて答えた。

「ええ、退学は免れないということですが、その前に自分から転校するという方法もあるし、藤井様が告訴を取り下げて、示談に応じて下さるなら、その意向に沿うのが良いのではないかということで……」

美佐子が言う。

どうやら学校も教委も、京吾の将来を慮《おもんぱか》り、というより学校の不祥事を公にしたくなくて、全ての結果を明男に丸投げしてきたようである。

「はい。では示談も賠償金も要らないので、僕は巻き上げられた五十万だけ返してくれれば良いです」

明男は答えた。

少し前までは、彼は京吾を一生苦しめたいと思っていたのだが、奴のためにルナと出会えたのだ。

それに、目の前の美佐子に明男は激しく欲情してしまったのである。

今まで京吾が親や教師の前で猫を被っていただけに、ショックを受けている、この若くて美人の母親と、善良で小心な恭助には同情する部分も多いのだ。

「え？　どういうことでしょう……」

「告訴もしないし示談も不要です。五十万だけ返してくれれば、それで全て水に流しましょう」

「ほ、本当ですか……」

俯いていた美佐子が顔を上げ、勢い込むように言った。

すでに北中と富山は月曜から三日間の停学が決まり、京吾からもらった分け前も美佐子に返したようだった。そして美佐子も、今バッグの中に百万ばかりの金を用意しているらしい。

「はい、本当です。五十万だけ返してください」

「こ、ここに百万用意してきたのですが、せめてこれを受け取ってください」

美佐子が言い、バッグから封筒を出して差し出した。

明男が中をあらためると、封の巻かれた百万円の束が入っていた。

彼は取り出して封を切り、パラパラと半分だけ抜き取ると、残りを封筒に戻して返した。

いちいち数えなくても、ちょうど半分になっている。

「どうぞ、これはお持ち帰りください」

「よ、よろしいのですか……」

「はい、僕の決心は固いです。それからこれを」

明男は言い、電話台にあるメモを一枚破り、一桁と二桁の数字を六種類書き込んでから美佐子に渡した。

「これは……？」

「帰りに宝くじ屋に寄って、この数字でロト6の申込用紙にマークシートして下さい。発表は月曜の夜なので、ネットで確認すれば、一等の一億ばかりが当たるでしょう」

明男は言い、信じ込ませるよう念を送った。もちろんこれは絶大なパワーによる当たり番号である。

「ど、どうしてこんなことまで……」

「京吾の私立転校などで金が要るでしょう。でも、当たり番号を僕から聞いたことは誰にも内緒に」

明男は答えながら、あの頼りなさそうな車セールスの恭助を思い出した。

「もし本当に当たったら、あらためてお礼に……」

彼の念ですっかり信じた美佐子が、五十万の封筒とメモを押し頂いてからバッグに入れた。

「その代わり、一つお願いがあります」

「な、何でしょう。私に出来ることでしたら何でも……」

「僕は童貞なので、お母様にセックスを教えて欲しいのです」

彼は無垢を装って言った。

「え……！」

美佐子が息を呑んで硬直し、明男はその反応と甘ったるい匂いに痛いほど股間を突っ張らせてしまった。

戸惑いや恥じらう様子が見たいので、あえて言いなりにさせるような念は送っていない。

「では僕の部屋へ」

明男が立って自分の部屋へ行くと、美沙子も恐る恐る従った。もちろん彼は常に歯磨きと入浴を終えた状態になっている。

それにルナを除けば美佐子は華保より年上で、明男の体験する最年長で、しかもイケメンの京吾に似て興奮をそそる美形だから、京吾の実母という抵抗感は湧かなかった。

恭助もストレスの多そうなタイプで仕事も忙しそうだから、もう四十過ぎたらろくに夫婦生活もしていないだろう。きっと美佐子の熟れ肌には、相当に欲求が溜まっているに違いない。

「じゃ脱いでくださいね。全部」

彼が言って自分から手早く全裸になっていくと、ためらっていた美佐子も、やがて意を決してノロノロと服を脱ぎはじめた。

明男への贖罪と感謝、そして無意識にしろ欲求解消の衝動と、秘密を共有するときめきがあるのだろう。

先に全裸になり、ベッドに横になって脱いでいく美佐子を眺めた。

色白で肉づきが良く、華保以上の巨乳ではないか。そして脱いでいくと、華保より濃厚に甘ったるい匂いが室内に立ち籠めた。

恐らく緊張は、先日の華保の比ではないのだろう。

自分の部屋なのだから、DVDカメラで隠し撮りをすれば良かったと思ったが今のパワーがあれば、あとでテレビ画面に記憶を再生することなど容易に出来るに違いない。

もっとも、もうオナニーなどする必要もないのである。

やがて美佐子は最後の一枚を脱ぎ去ると、緊張に頬を強ばらせて彼に添い寝してきた。

「どうか力を抜いてくださいね。決して誰にも言いませんので安心して」

言いながら彼は、美熟女に甘えるように腕枕してもらった。

すると何と、美佐子の腋の下にはモヤモヤと和毛《にこげ》が煙っているではないか。

（うわ、色っぽい……）

明男は目を見張り、鼻を埋め込んだ。

あの淡泊そうな恭助の趣味とも思えないので、おそらく美佐子の日々の生活が忙しく、スポーツジムに行くこともないのでケアを怠っているだけなのだろう。

生ぬるく湿った腋毛の隅々には、濃厚に甘ったるい汗の匂いが沁み付き、悩ましく鼻腔が満たされた。

充分に嗅いでから息づく巨乳に移動し、乳首に吸い付いて舌で転がした。

「アアッ……！」

美佐子がビクリと熟れ肌を震わせ、熱く喘いだ。

久々ということもあるだろうが、息子の同級生ということに激しく反応しているのだろう。二十歳で結婚ということだから、あるいは恭助以外の男を知らないのかも知れない。

両の乳首を順々に含んで舐め回し、顔じゅうで巨乳を味わってから、もう片方の腋の下にも鼻を埋めて濃厚な体臭に噎せ返った。

そして白い熟れ肌を舐め降り、臍を探り、例によって股間を後回しにして豊満な腰から脚を舐め降りていった。

脛にもまばらな体毛があり、何やら昭和の美女でも相手にしているような、野趣溢れる魅力が感じられた。

足の裏にも舌を這わせ、指の間に鼻を割り込ませて嗅ぐと、ムレムレの匂いが濃厚に鼻腔を刺激してきた。やはり明男を訪ねる道々も、緊張で相当に汗ばんでいたのだろう。

匂いを味わってから爪先にしゃぶり付き、指の股にも舌を割り込ませると、

「あう、ダメ、汚いわ……」

美佐子が驚いたように呻き、脚を震わせた。

構わず彼は両足とも、全ての指の股の味と匂いを貪り尽くした。

そして大股開きにして、脚の内側を舐め上げていった。

内腿はムッチリと量感があり、舌でたどって股間に迫ると、籠もった熱気と湿り気が顔を包み込んだ。

股間の丘には黒々と艶のある茂みが密集し、割れ目からはみ出した花びらはヌラヌ

ラと熱く潤っているではないか。

指で陰唇を広げると、艶めかしく襞の入り組む膣口が丸見えになった。ここから京吾が生まれたと思うと白けるので、彼の顔を心の片隅に押しやった。

膣口からは白っぽく濁った本気汁が滲み、包皮の下からは、何と親指の先ほどもある大きなクリトリスが、幼児のペニスのようにツンと突き立ち、鈍い光沢を放っていた。

華保の時も思ったものだが、やはり女性というのは顔や着衣の体型だけではなく、割れ目の形状などは脱がせてみなければ分からないものだと思った。

3

「アア、恥ずかしい……」

明男の熱い視線と息を股間に感じ、美佐子がか細く喘いだ。

堪らずに顔を埋め込み、柔らかな茂みに鼻を擦りつけて嗅ぐと、濃厚に蒸れた汗とオシッコの匂いが悩ましく鼻腔を掻き回してきた。

胸を満たしながら舌を挿し入れ、膣口を探ってからクリトリスまでゆっくり舐め上

げていくと、

「アアッ……、い、いい気持ち……」

美佐子が身を弓なりに反らせて喘ぎ、内腿できつく彼の顔を挟み付けてきた。

明男は上の歯で完全に包皮を剝いてクリトリスに吸い付き、舌先で弾くように舐めては、泉のように湧き出す愛液をすすった。

そして味と匂いを堪能すると、彼は美佐子の両脚を浮かせた。

逆ハート型をした、白く豊満な尻の谷間を広げ、おちょぼ口の蕾に鼻を埋めて嗅ぐと、蒸れた汗の匂いに混じり、秘めやかなビネガー臭も籠もっていた。

自宅のトイレはシャワー付きだろうが、あるいはその設備のない外で用を足したか、それとも緊張で気体が洩れていたのかも知れない。

とにかく彼は生々しい匂いを嬉々として貪り、舌を這わせてヌルッと潜り込ませた。

「あう……、ダメ、そんなところ……」

美佐子が呻き、モグモグと小刻みに肛門で舌先を締め付けてきた。

明男は滑らかで甘苦い粘膜を探り、舌を出し入れさせるように動かしてから、やがて脚を下ろして再び割れ目に戻った。

大洪水になっている愛液を舐め取り、大きなクリトリスに吸い付くと、

「お、お願い、入れて……」

待ち切れなくなったように、美佐子が我を忘れてせがんできた。

明男も入れたくなり、顔を離して身を起こした。

「じゃ、うつ伏せになってください」

彼は言い、美佐子をゴロリと腹這いにさせ、四つん這いで尻を突き出させた。

初のバックで、彼は後ろから先端を膣口に押し当て、感触を味わいながらゆっくり挿入していった。

ヌルヌルッと根元まで貫くと、尻の丸みが股間に心地よく密着して弾んだ。

「アアッ……、すごい……！」

美佐子が白い背中を反らせて喘ぎ、若いペニスを味わうようにキュッキュッと締め付けてきた。明男も腰を抱えて何度か腰を前後させ、摩擦を味わってから背に覆いかぶさった。

髪の匂いを嗅ぎながら、両脇から回した手で、たわわに揺れる巨乳を揉みしだき、さらに前後運動を早めていった。

しかし、やはり顔が見えないのが物足りず、彼はバックスタイルを試しただけで身を起こし、ヌルッと引き抜いた。

「あう……」

快楽を中断され、不満げに呻く彼女を明男は横向きにさせた。

そして上の脚を真上に持ち上げ、下の内腿に跨がり、再び挿入しながら、上の脚に両手でしがみついた。

「アア……、こんなの、初めて……」

松葉くずしの体位に、美佐子は横向きになったまま腰をくねらせて喘いだ。

互いの股間が交差しているので密着感が増し、擦れ合う内腿も心地よかった。

明男は何度か腰を突き動かしてから、またペニスを引き抜いた。

今度は美佐子を仰向けにさせ、正常位で深々と交わっていくと、

「アア、もう抜かないで……」

美佐子が上気した顔で喘ぎ、両手を伸ばして彼を抱き寄せた。

明男も身を重ね、胸の下で巨乳を押しつぶし、弾力を味わいながら腰を突き動かしはじめた。

溢れる愛液がピチャクチャと摩擦音を響かせ、彼はのしかかりながら、上からピッタリと唇を重ねていった。

「ンンッ……」

舌を挿し入れると美佐子が熱く鼻を鳴らし、ネットリと舌をからめてきた。

明男も熱い鼻息で鼻腔を湿らせながら、執拗に美熟女の舌を舐め回した。

なおも律動を続けていると、美佐子もズンズンと合わせて股間を突き上げ、いつしか互いの股間をぶつけ合うように激しく動いていた。

「ああ……、い、いきそう……」

美佐子が口を離して喘ぐと、開いた口の中で唾液が上下に糸を引き、熱く湿り気ある吐息が鼻腔を掻き回してきた。

それは白粉のように甘い匂いだが、緊張でかなり刺激が濃くなり、明男はゾクゾクと高まった。

しかし、ここは仕上げに女上位を味わいたい。

それで全ての体位を体験することになる。

明男は動きを止め、身を起こしてペニスを引き抜いた。

「あう、ダメ……」

絶頂寸前で離れられ、美佐子が詰《なじ》るように声を洩らした。

「上になって」

彼は仰向けになり、美佐子の顔を股間へと押しやった。彼女も察して移動し、挿入は後回しにしてペニスに顔を寄せてくれた。

そして自らの愛液にまみれ、淫らに湯気さえ立てている先端に舌を這わせ、スッポリと呑み込んできた。

喉の奥まで深々と含み、幹を締め付けて貪るように吸い、熱い鼻息で恥毛をくすぐりながら、口の中ではクチュクチュと舌をからめてくれた。

「ああ、気持ちいい……」

明男は美熟女の愛撫を受け止めて喘ぎ、小刻みに股間を突き上げて摩擦快感を味わった。

多くの体位を味わい、濃厚なフェラチオをされているのだ。

以前の明男なら、ひとたまりもなく暴発しているだろうが、今は絶大なパワーで保つことが出来ている。

それでも、さすがにジワジワと絶頂が迫ってきた。

「いいよ、跨いで入れて」

彼が言うと、美佐子もスポンと口を離し、仰向けの彼の上を前進してきた。

そして唾液と愛液に濡れた先端に割れ目を押し当て、ゆっくり腰を沈めると、たちまち彼自身はヌルヌルッと根元まで呑み込まれていった。

「アアッ……、いいわ、奥まで届く……」

美佐子が股間を密着させて喘ぎ、もう上の自分から抜かない限り離れないと安心したように、彼に熟れ肌を重ねてきた。

明男も下から両手で抱き留め、両膝を立てて豊満な尻を支えた。

待ちかねたように美佐子が腰を動かし、割れ目を擦り付けてくると恥骨の膨らみが感じられた。

明男もズンズンと股間を突き上げると、溢れる愛液ですぐにも動きが滑らかになり、互いの動きが激しく一致してピチャクチャと摩擦音が聞こえてきた。

「唾を垂らして」

顔を引き寄せて言うと、美佐子も微かな抵抗に眉をひそめながら、分泌させた唾液をグジューッと吐き出してくれた。

明男は白っぽく小泡の多い粘液を舌に動けて味わい、うっとりと喉を潤した。

さらに美佐子の喘ぐ口に鼻を押し込み、濃厚な白粉臭の刺激を嗅ぎながら、

「しゃぶって……」

囁くと彼女も舌を這わせ、明男の鼻の穴を舐め回してくれた。

刺激的な吐息に唾液の匂いが加わり、彼がヌメリに高まりながら突き上げを強めて

いくと、

「い、いっちゃう……、アアーッ……！」

美佐子が喘ぎ、ガクガクと狂おしいオルガスムスの痙攣を開始した。

その収縮に巻き込まれ、続いて明男も激しく昇り詰めた。

「ああ、気持ちいい……！」

彼は大きな絶頂の快感に口走り、ありったけの熱いザーメンをドクンドクンと勢いよく中にほとばしらせた。

「あう、感じるわ、もっと……！」

噴出を感じた美佐子は、駄目押しの快感に呻きながら締め付けを強めた。

明男は心ゆくまで快感を嚙み締め、最後の一滴まで出し尽くしていった。

やがて満足して突き上げを弱めていくと、

「アア……、こんなに良かったの初めて……」

美佐子も満足げに声を洩らし、熟れ肌の硬直を解いて力を抜き、グッタリともたれかかってきた。

四十歳を目前にし、溜まりに溜まった欲求が一気に解消されたのだろう。

（とうとう同級生の母親ともしちゃった……）

彼は思い、熟女も良いものだと実感した。

まだ膣内はキュッキュッと名残惜しげな収縮を繰り返し、射精直後で過敏になった幹が中でヒクヒクと跳ね上がった。

「あう、もう暴れないで……」

美佐子も敏感になっているように呻き、幹の震えを押さえるようにキュッときつく締め上げてきた。

ようやく互いの動きが止まると、明男は美熟女の重みと温もりを味わい、熱い濃厚な吐息を間近に嗅ぎながら、うっとりと余韻を噛み締めたのだった。

4

(そう、麻生《あそう》琢己《たくみ》だ……)

美佐子が帰り、昼食を済ませた明男は思った。その名は、両親を死に追いやった四十歳のトラック運転手だ。

奴は今までにも飲酒運転や居眠り、危険運転の常習犯で、そのため今回の事故で免停になった。

今は千葉県にある交通刑務所に収監され、過失致死で刑期は一年以上二年未満だ。

明男が奴の独房へ飛んでみると、麻生は不貞寝していた。その心根を読むと、全く反省の色はなく、明男の両親が通りかかりさえしなければという自分の運の悪さばかり思っていた。

「な、何だ、お前は、どっから来た……」

麻生が、いきなり姿を現した明男を見ると、目を丸くして半身を起こすなり言った。

「地獄一兆年！」

明男が睨み付けて言うと、床に付けた麻生の両足がズブズブと地下に沈んでいくではないか。

「う、うわ、何だこれは……！」

麻生はもがこうとしたが、すでに腰から腹までが異空間に沈み込んでいった。

何かに摑まろうとしても身動きできず、やがて彼は胸から顔まで沈み込み、最後に差し上げた両手が消え失せると静かになった。

もちろん床には何の痕跡もなく、麻生はこの世に最初から居なかったことになった。

あとは一兆年ばかり、最大の責め苦が続くのである。

まあ麻生が地獄へ堕ちても、亡き両親が帰ってくるわけではない。

明男は、また一瞬で自宅のリビングに戻ってきた。

そしてテレビのワイドショーを点け、防犯カメラに写し出される犯人を次々と地獄へ送り込んでやった。

車高を高く改造した車で走行中に車輪が外れ、通行人に激突したなどというドライバーは地獄十億年だ。収穫間近な果物を盗む奴も、万引き犯もＤＶ男も、全て億単位の地獄へ堕とした。

しかし明男は、どんな凶悪犯でも女性だけは地獄へ落とす気になれなかったのだ。まあ依怙贔屓《えこひいき》と言われればそれまでだが、女性が悪いのは全て身近な男が悪いのだと思っていた。

「やってるわね」

と、そこへルナが現れた。

「人口が減ることなんか気にせず、悪い奴はどんどん堕として。実際に生きている人たちは圧倒的に善人や常識人が多いのだから」

「ええ、遠慮なく地獄送りにします」

「ちょっと地獄を覗いてみましょうか」

ルナが言って彼の手を握るとたちまち二人は地の底へと下降していった。

「うわ……、戻れるんでしょうね……」

「もちろんよ、心配しないで」

ルナが答えると、二人は岩の上へ降り立った。薄暗いが夜目が利くので、隅々まで観察できた。

生臭い異臭の中では多くの罪人が、血の池や針の山で呻き、鬼たちがトゲトゲのついた金棒で容赦なく奴らを叩き潰していた。人の形を保てぬほど粉砕されても、地獄に吹く一陣の風を受けると、またすぐに身体が元通りになり、延々と最大限の責め苦が続くのである。

全ては、地獄草紙を参考にしたのだろう。

中には、延々とトランプピラミッドを作っている一団もいた。もちろん完成間近で鬼が蹴り崩してしまうが、中には完成し、歓声を上げながら光とともに天へ昇っていく者もいた。

「あれは羨ましがらせるためのダミー、ピラミッドが完成することはないわ」

ルナが説明する。トランプピラミッドをしている連中は、比較的罪の軽い者たちのようだ。

「ちーす、ルナ様、明男さん！」

と、二人に気づいた鬼たちが会釈して手を振ってきた。

ここでは恐い鬼たちも、地獄を作ったルナは絶対神であり、明男も閻魔大王と同格なのだろう。

やがて見学を終えた二人は、再び地上に戻ってきた。

明男はルナに欲情したが、またもや彼女は姿を消してしまった。

仕方なく彼はリビングでテレビを観ては、順々に罪人たちを地獄へと送り込んでいった。

日が傾くと、明男は華保にメールし、駅近くのレストランへ誘った。

もちろん念を込めているので華保もすぐに応じ、明男は着替えて家を出た。

本当は一瞬でレストランに移動できるのだが、たまには町を歩き、悪い奴らがいないか見回った方が良いだろう。

レストランに入ると窓際の良い席に案内され、間もなく華保も来て向かいに座った。

「ビールかワインでも飲みますか」

「ううん、生徒の前だし、飲む習慣はないから」

言うと華保は答え、明男も二人分のソフトドリンクとコース料理を頼んだ。

土曜の夜なので、華保もお洒落な格好をして、元より彼氏のいない彼女は何の予定も入っていなかったようだ。

「教委からの結論が出て、校長からメールが回ってきたわ」

華保が烏龍茶を飲みながら言った。

「藤井君が、告訴もしないし示談も不要というので、柴浦君の転校だけで全て終わりになりそう」

「そうですか。早くスッキリしたかったので、早い展開は嬉しいです」

明男が答えると、やがて順々に料理が運ばれてきた。もちろん華保は、明男が美佐子を抱いたことなど夢にも思っていないだろう。

どうやら昼前に美佐子が明男からの結果報告に走り回り、教委も校長も休日だというのに慌ただしく連絡を取り合ったようだ。恐らく、誰もが早い解決を望んでいたのだろう。

「柴浦君は、月曜から新たな私立高校に登校するらしいわ」

華保が、不良の多い低レベルの学校名を言った。これも、美佐子と恭助が手早く手続きを終えたようだ。

あとは北中と富山が三日間の停学を終え、木曜に復学すれば万事が丸く治まることだろう。

「京吾も心を入れ替えて真面目に勉強すれば、どこかの大学に入って親を安心させられることでしょう」

「ええ、穏便な対応に感謝するわ」

華保が言い、やがて二人は料理を片付けはじめた。

メインのサーロインステーキを食べ終え、デザートのケーキとコーヒーを飲み終えると、もちろん明男が二人分支払った。

華保は激しく遠慮したが、

「いいんです。金は何とでもなりますので。その代わりこれから先生の部屋へ行きますね」

明男が言うと華保も拒まず、やや緊張しながら二人でレストランを出た。

そして華保のハイツまで歩きながら、明男は久々に良い食事をして満足し、あとは彼女への淫気に専念したのだった。

5

「お願いよ。シャワーと歯磨きさせて」

華保の部屋で互いに全裸になると、彼女は明男に懇願した。

「ダメです。自然のままがいちばん好きなので」

明男は答えたが、もちろん彼は一瞬で、歯磨き終了と風呂上がりという万全の状態になっていた。

華保をベッドに仰向けにさせ、明男は彼女の足裏から舐めはじめた。いつものように彼女は、全裸にメガネだけ掛けている。

「あう、そんなところから……」

彼女は声を震わせ、クネクネと身悶えたがもちろん拒むことは出来ない。

明男は両足の裏に舌を這わせ、それぞれの指の股にも鼻を割り込ませ、濃厚なムレムレの匂いで鼻腔を満たした。

夕食は急な誘いだったし、彼は華保が出がけにシャワーなど浴びないよう念を送っていたのである。

美人教師の爪先をしゃぶり、指の股に沁み付く汗と脂の湿り気を両足とも味わってから、彼は華保を大股開きにさせ、脚の内側を舐め上げていった。

白くムッチリとした内腿をたどって股間に迫ると、そこは悩ましい匂いを含んだ熱気と湿り気が満ちていた。

華保も、前回の大きな快感が忘れられず、期待に濡れているのだ。

そして彼女の心の片隅に、生徒と交わるという躊躇《ためら》いや戸惑いが残っているのも良い趣であった。

股間に顔を埋め、柔らかな茂みに鼻を埋めて擦り付け、隅々に蒸れて籠もった汗とオシッコの匂いを貪ると、

「アアッ……！」

華保が熱く喘ぎ、内腿できつく彼の顔を挟み付けてきた。

明男は美人教師の性臭で胸を満たしながら、舌を挿し入れて濡れた膣口の襞をクチュクチュ掻き回した。そしてクリトリスまで舐め上げ、チロチロと弾くように刺激すると、

「あう、ダメ、感じすぎるわ……」

華保が嫌々をして新たな愛液を漏らしてきた。

味と匂いを堪能してから彼女の両脚を浮かせ、尻の谷間に鼻を埋め込み、レモンの先のように突き出たピンクの蕾に籠もる匂いを嗅ぎ、舌を這わせてヌルッと潜り込ませた。

「く……！」

華保が奥歯を嚙み締めて呻き、キュッと肛門で舌先を締め付けた。

明男は甘苦い滑らかな粘膜を探り、充分に濡らしてから舌を引き離して脚を下ろした。

そして左手の人差し指を唾液に濡れた肛門に浅く潜り込ませ、右手の二本の指を膣口に押し込んでいった。

さらに再びクリトリスに吸い付くと、

「アアッ……、すごい……」

華保が、最も感じる三箇所を同時に攻められて喘ぎ、それぞれの穴でキュッと指を締め付けてきた。

明男は前後の穴の内壁を指の腹で擦り、なおもクリトリスを舐め回し、膣内にあるGスポットの膨らみも探った。

「ダメ、いきそうよ、入れて……」

華保がクネクネと身悶えながら懇願してきた。

明男も前後の穴からヌルッと指を引き抜き、身を起こしていった。

肛門に入っていた指に汚れはないが、嗅ぐと淡いビネガー臭が鼻腔を刺激してきた。

膣内にあった二本の指は、白っぽく攪拌された愛液にまみれて湯気が立ち、指の腹は湯上がりのようにふやけてシワになっていた。

「入れる前にしゃぶって」

明男は華保の上を前進して言い、胸に跨がると幹に指を添えて下向きにさせ、先端を彼女の鼻先に突き付けた。

すぐに彼女も顔を上げて張りつめた亀頭を咥え、

「ンンッ……」

熱く鼻を鳴らしてモグモグと喉の奥まで呑み込んでいった。

明男も前に両手を突き、華保の口の中で唾液にまみれた幹をヒクつかせながら快感を味わった。

やがて充分に唾液に濡らすと、

「アア……」

華保が、息苦しくなったように口を離して喘いだ。やはり早く挿入して欲しいのだろう。

明男も身を離して彼女の股間に戻り、大股開きにさせて股間を進めた。

先端を濡れた割れ目に擦り付け、位置を定めるとゆっくり挿入していった。

ヌルヌルッと滑らかに根元までも呑み込まれていくと、

「ああ……、いいわ……」

華保が上気した顔を仰け反らせて喘ぎ、味わうように締め付けてきた。

明男は股間を密着させ、温もりと感触を嚙み締めながら、脚を伸ばして身を重ねていった。

まだ動かず、屈み込んで左右の乳首を含み、舐め回しながら顔を押し付けて巨乳を味わった。

もちろん腋の下にも鼻を埋め、甘ったるい汗の匂いで胸を満たしてから、湿っている腋を舐め回した。

そして白い首筋を舐め上げ、上からピッタリと唇を重ね、舌を挿し入れて滑らかな歯並びを左右にたどった。

すぐに華保も歯を開いて舌をからめ、両手で彼にしがみつくと、待ち切れないようにズンズンと股間を突き上げはじめた。

明男も徐々に腰を遣いはじめ、突くより引く方を意識しながら摩擦快感に高まっていった。

「アア……、すぐいきそう……」

華保が口を離して喘ぎ、明男も彼女の肩に腕を回して身体の前面を密着させた。

美人教師の熱く湿り気ある吐息は、彼女本来の悩ましい花粉臭に、夕食の名残の淡いガーリック臭の刺激が混じって鼻腔が掻き回された。

やはり抵抗を感じる一歩手前ぐらいの濃度が興奮し、美女の秘密を握ったような気になるのである。

明男は華保の吐息を嗅ぎながら、いつしか股間をぶつけるように激しく動いていた。

そのたび、胸の下で潰れた巨乳が心地よく弾み、恥毛が擦れ合い、クチュクチュと湿った摩擦音が響いた。

本当は女上位がいちばん好きだが、正常位は相手を観察し、高まりをセーブしながら動けるので便利である。

「い、いっちゃう……、気持ちいいわ、アアーッ……！」

たちまち華保が先にオルガスムスに達して声を上げ、ガクガクと狂おしく腰を跳ね上げた。

もう明男も我慢せず、収縮の中で昇り詰め、

「く……！」

快感に呻きながら、ありったけの熱いザーメンをドクンドクンと勢いよく注入した。

「あう、すごい……！」

奥深い部分に直撃を受けた華保が、駄目押しの快感に呻き、彼の背に爪まで立てながらきつく締め付けてきた。明男も心ゆくまで快感を味わい、最後の一滴まで美人教師の中に出し尽くしていった。

すっかり満足して動きを弱めていくと、

「ああ……」

華保も声を洩らし、肌の強ばりを解きながらグッタリと力を抜いて身を投げ出していった。

膣内の収縮で幹を過敏に震わせ、明男は華保の濃厚な吐息を嗅ぎながら、うっとりと快感の余韻に浸り込んでいったのだった。

やがて互いに呼吸を整えると、彼はそろそろと身を起こして股間を離し、華保を支え起こしながら一緒にバスルームへ行った。

シャワーの湯で股間を洗うと、もちろん明男はムクムクと回復しながら例のものを求めてしまった。

「飲ませて……」

床に座って言い、彼は華保を目の前に立たせた。

そして開いた股間に顔を埋めると、まだ朦朧としながらも、彼女は息を詰めて尿意を高めはじめてくれた。

洗ったので匂いは薄れてしまったが、舐めると新たな愛液がヌラヌラと湧き出てきた。やはり生徒の口に放尿するという行為に、彼女は相当な躊躇いと興奮に包まれているのだろう。

そして、しなければ終わらないと悟っているように、彼女は何度も息を吸い込んで止め、ようやく柔肉の奥を盛り上げてきた。

「あう、出るわ……」

華保が息を詰めて言うなり、チョロチョロと熱い流れがほとばしってきた。

明男は口に受けて味わい、清らかな流れでうっとりと喉を潤した。

「アア……、こんなことするなんて……」

彼女が声を震わせ、勢いを増して注いできた。

それでも間もなく流れが治まり、明男は熱い雫をすすって味わい、ようやく顔を離したのだった。

「歯磨きもさせて……」

華保が、洗面所から歯ブラシを手にして言う。彼の回復を見て、もう一回する気になっているのだろう。

「じゃ、歯磨き粉を付けないで磨いて。ミント臭は好きじゃないので」

彼が座ったまま答えると、華保もブラシに何も付けずに含んで歯磨きをはじめた。

明男は彼女を下向きにさせ、下から顔を寄せて口から滴る歯垢混じりの唾液をすった。

「あう……」

華保が嫌がったが、構わず抑え付けて小泡の多い唾液を味わった。

さらに顔にも受け止めてヌルヌルにしてもらうと、たちまち彼自身は最大限に膨張し、今にも射精したくなってしまった。

やがて歯磨きを終えて口から歯ブラシを離すと、彼は唇を重ねて口に溜まった生温かな唾液を飲み込んだ。

「し、信じられないわ……」

華保は言ってシャワーの湯を出し、口を漱《ゆす》いでから彼の顔にも湯を浴びせて洗い流してしまった。

やがて立ち上がると二人は身体を拭き、全裸のままベッドに戻っていった。

彼女の吐息は大部分の刺激が薄まり、いつもの花粉臭が悩ましく含まれるだけになってしまった。

華保も、すっかりその気になり、興奮に熱い息を弾ませながら、自分から横たわっていった。

そして明男は、二回目はどのように交わって射精しようかと、期待に胸を震わせて思ったのだった。

第四章　谷間の淡い汗

1

「あら、藤井君」

日曜の朝、明男が散歩がてら外をぶらぶらしていると、ちょうどクラスの高尾淳子《たかおじゅんこ》が声を掛けてきた。

淳子は真奈に次ぐ美少女で、ポニーテールに淡いソバカスがある。

明男も、たまには淳子を妄想して抜いたことがあるが、彼女は陸上部で、文学少女の真奈とは対照的に活発な子だった。

そして真奈と淳子は、中学時代からずっと一緒の仲良しということである。

淳子は、明男に顔を寄せて囁いてきた。

「柴浦君、転校するようだわ。いろいろあったって本当なのね？」

淳子が言い、明男は超人的な嗅覚で彼女の吐息を嗅いでいた。

それは真奈のような甘酸っぱい果実臭ではなく、シナモンに似た大人っぽい刺激を含んで股間に響いてきた。

実際、淳子は今月生まれだから、クラスで最も早く十八歳になっている。

「ああ、本当だよ。京吾は明日から新しい学校へ編入するらしい」

明男は、京吾が転入する学校名を言った。クラスメートの間では、実際すでに様々な噂が飛び交っているようである。

「ね、詳しい話をしたいんだけど、うちへ来ない？　近くだから」

淳子が言い、案内するように先に歩き出した。

以前はろくに口をきいたこともないのだが、もちろん明男は期待に股間を熱くさせて従った。

やはり絶大なパワーを身に着けてからの明男は、どこか今までと違い、女子たちの注目を集めはじめているのかも知れない。

住宅街に入って少し歩いただけで、すぐに淳子の家に着いた。

そこは真奈の家より大きな一軒家で、豪邸と言っても良いほどである。

「入って。誰もいないから」

淳子は門を開けて言い、玄関の鍵も自分で開けた。

聞くと、商社マンの父親は休暇で母親と旅行中、大学生の姉は一人暮らしをしているらしい。

上がり込んでスリッパを履くと、淳子がドアを内側からロックし、すぐ二階に案内してくれた。

あとから階段を上がると、淳子のスカートの風が生ぬるく顔を撫で、引き締まった脹ら脛が躍動していた。

二階に上がると、彼女は明男を自室に招き入れた。

広い洋間で、ベッドと学習机にクローゼット、本棚の一番上には陸上部の大会で得たトロフィーや盾が並んでいる。

もちろん室内には、真奈の部屋以上に濃厚に甘ったるい思春期の体臭が充ち満ちていた。

淳子は彼に椅子をすすめ、自分はベッドに腰掛けた。

「それで、示談金とかいっぱい取れそうなの？」

「いや、あいつの親は君みたいに金持ちじゃないから気の毒でね、告訴もせず、示談金ももらわないことにしたんだ。ただ、今まで巻き上げられた金だけ返してもらった」

「そうなの、気前いいわね」

淳子は言い、じっと彼の顔を見つめた。

今までネクラ男だと思っていたのに、歯切れよく話すのが不思議だったのかも知れない。

「それより、スポーツマンの奴が転校することになって、寂しがる女子も多いんじゃないか。君も」

「ええ、確かに前は好きだったけど、今は去ってくれてさっぱりしたわ」

「え……？」

「実は私、柴浦君に処女をあげたのよ。もう半年前」

淳子が長い脚を組んで言う。

「そうだったの……」

「好きだと告白したら、すぐに抱かれて、そのあとは急に飽きたように無視されたわ。他にも、そんな目にあった女子が多かったみたい」

言われて、やはり京吾を地獄へ堕とした方が良かったかと明男は思った。

「ただやりたいだけだったのね。痛いだけで、少しも良くなかったけど、そのときは彼氏が出来たことを嬉しく思っていたのに」

「そうか。ろくな愛撫もしなかったんじゃないか？」

「その通りよ。私にはしゃぶらせる癖に、自分からは何もせず、すぐ入れてくるだけ」

淳子が際どいことを言い、思わずこの可憐な口で京吾のペニスをしゃぶったのかと彼は思って、股間を疼《うず》かせた。

「サル並だな。したいことや、するべきことは山ほどあるだろうに」

「きっと、藤井君なら優しく丁寧に扱ってくれるわよね」

淳子が言い、切れ長の目をキラキラさせはじめた。

「ね、何となく藤井君は真奈のことが好きみたいだけど、あの子はまだ処女だから、童貞で挑むのは無理がありそう。私は体験者だから、まず私で試してみない？」

淳子の言葉に、明男は痛いほど股間が突っ張ってきた。

やはり明男がネクラでシャイでも、周囲は何となく、彼が真奈に思いを寄せていることは知っていたのだろう。

そして当然ながら、淳子も他の女子たちも、彼のことを童貞と思っているようだった。

「うん、教えてくれる?」

明男が身を乗り出して言うと、淳子はすぐ頷いてくれた。

最初から、そうした思惑があり、本屋で偶然会ったのを良いことに彼を家に誘ったのだろう。

「いいわ。じゃシャワー浴びてくるからちょっと待ってて」

淳子が腰を浮かせて言う。

「いや、そのままでいいよ」

「そんなに待てないの? 気持ちは分かるけど、ゆうべから親たちがいないので入浴もせず夜更かししていたのよ。それに今朝も軽くジョギングして、そのまだから」

「その方がいいんだ。女の子のナマの匂いを知りたいし」

「臭いのが好きなの?」

「女子に臭い匂いなんかないよ。濃いか薄いかだけ。そして濃い方を体験してみたい」

熱烈に引き留めると、淳子も諦めたように肩の力を抜いた。

「分かったわ。でも始まってから、やっぱり洗ってこいなんて言っても、私は勢いがついちゃうから遅いわよ」

「うん、それでいいよ。じゃ脱ごうか。僕は朝シャワーをしてきたからね」

明男は立って言い、無垢を装いつつノロノロと服を脱ぎはじめていった。

もちろんシャワーは浴びていないが、一瞬で全身を洗った状態にしていた。

淳子も手早くブラウスとスカートを脱ぎ去り、ブラを外すと、ためらいなく最後の一枚を脱ぎ去り、引き締まった肢体を露わにした。

一緒にベッドに上ると、淳子が仰向けになって身を投げ出してくれた。

「まだ童貞なら、したいことがあるでしょう。入れるのは、私がいいって言ってからにして」

「うん、分かった」

明男は答え、まずは陸上部女子の肉体を観察した。

乳房はそれほど豊かではないが、張りと弾力がありそうだ。腹には腹筋の段々が浮かび、股間の若草は楚々としたものだった。

太腿は実に引き締まり、脹ら脛も力強そうである。

やがて興奮を高めた明男は屈み込み、チュッと乳首に吸い付き、舌で転がしながら顔で膨らみの感触を味わった。

「アア……」

淳子が喘ぎ、すぐにもクネクネと身悶えはじめ、生ぬるく甘ったるい匂いを揺らめかせた。

左右の乳首を含んで舐め回し、腕を差し上げてスベスベの腋の下に鼻を埋めて嗅ぐと、ミルクのように濃厚で甘ったるい汗の匂いが胸に沁み込んできた。

「あう、汗臭いでしょう。いいの……？」

「うん、すごくいい匂い」

「変なの……」

淳子は答え、それでも受け身体勢のまま好きにさせてくれた。

明男は充分に嗅いでから腋に舌を這わせ、肌をたどって下降していった。

引き締まった腹を舐め回し、腰から逞しい脚を舐め降り、大地を踏みしめて駆ける大きめの足裏にも舌を這わせていった。

「アア……、そんなところ舐めるの……？」

淳子が驚いたように言った。京吾とはわけが違う、と答えようとしたが、奴の名は出さず、明男は両足の裏を味わった。

太くしっかりした足指の間に鼻を押し付けて嗅ぐと、やはりそこは生ぬるい汗と脂にジットリ湿り、蒸れた匂いが濃く沁み付いて鼻腔が刺激された。

爪先にしゃぶり付き、順々に指の股にヌルッと舌を割り込ませて味わうと、

「あう……、くすぐったくて、変な気持ち……」

物怖じしない淳子は、腰をくねらせて言いながらも、彼の愛撫に身を委ねていった。

明男は両足とも、逞しい爪先をしゃぶり、味と匂いを貪り尽くしたのだった。

2

「じゃ、うつ伏せになってね」

明男が顔を上げて言うと、淳子も素直にゴロリと寝返りを打ち、健康的な背中と尻を見せた。

彼は踵からアキレス腱、ヒラメ筋の発達した脹ら脛を舐め、汗ばんだヒカガミから引き締まった太腿、尻の丸みを舐め上げていった。

谷間は後回しにし、腰から滑らかな背中に舌を這わせると、淡い汗の味が感じられた。

「あう、いい気持ち……」

背中は感じるらしく、淳子が顔を伏せて呻いた。

肩まで行って髪に鼻を埋め、乳臭い匂いと汗の混じった匂いを嗅いでから耳の裏側の湿り気も嗅いで舌を這わせた。

淳子が、くすぐったそうに肩をすくめ、それでも丁寧な愛撫に心地よさそうにしていた。

再び背中を舐め降り、彼は尻に戻ってきた。

うつ伏せのまま股を開かせ、指で双丘をムッチリと広げると、可憐な薄桃色の蕾がひっそり閉じられていた。

鼻を埋め込み、顔で尻の弾力を味わいながら嗅ぐと、蒸れた汗の匂いが馥郁と鼻腔をくすぐってきた。

舌を這わせ、細かな襞を濡らしてからヌルッと潜り込ませ、滑らかな粘膜を探ると、

「あう、嘘……」

淳子が呻き、キュッと肛門で舌先を締め付けた。

京吾はどこもろくに舐めていないだろうから、淳子が愛撫を受け止めるのはどこも初めてなのだろう。

明男は舌を蠢かせ、充分に味わってから顔を上げ、

「じゃ仰向けに」

言うと淳子も、すぐに再び仰向けになってくれた。

彼は淳子の片方の脚をくぐって股間に陣取ると、張りのある内腿を舐め上げて股間に迫った。

楚々とした恥毛が煙り、割れ目からはみ出す花びらを指で広げると、ピンクの柔肉はヌラヌラと大量の蜜に熱く潤っていた。

全てが小振りだった真奈と違い、淳子の陰唇はハート型をし、包皮を押し上げるようにツンと突き立つクリトリスは小指の先ほどもあった。

明男は顔を埋め込み、若草に鼻を擦りつけて汗とオシッコの蒸れた匂いを貪った。

真奈のようなチーズ臭はあまり濃くはない。

「アア……、匂わない……？」

「するけど、すごくいい匂い」

気になるように淳子が言い、彼が答えながら舌を這わせはじめると、

「アァッ……、いい気持ち……」

彼女が身を反らせて喘ぎ、内腿できつく彼の顔を挟み付けてきた。

明男は舌先で小刻みにクリトリスを刺激しては、次第に量を増して漏れる蜜をすすって匂いに酔いしれた。

「ダメ、いっちゃう……、アアーッ……！」

たちまち淳子が声を上ずらせ、ガクガクと狂おしく股間を跳ね上げた。

どうやら真奈よりずっと感じやすく、オナニーも頻繁にしているのだろう。

明男がなおも舐め回し、ヌメリを吸っていると、

「も、もういい……、やめて……」

淳子が激しく腰をよじり、懇願するように言った。

どうやらクリトリス感覚でオルガスムスに達してしまい、まるで全身が射精直後の亀頭のように敏感になっているのだろう。

明男も股間を這い出し、彼女に添い寝していった。

淳子は荒い息遣いを繰り返し、もう触れていなくても、たまに思い出したようにビクッと肌を震わせていた。

「ああ、こんなに気持ちいいなんて……」

淳子が身を投げ出して言う。

「自分でもするんだろう？」

「するけど、舐められていったのなんか初めて。すごく良かった……」

訊くと淳子が答え、徐々に呼吸が整ってきた。

「僕にもしてみて」

言いながら淳子の顔を下方へ押しやると、彼女もノロノロと移動してくれた。

「ああ、まだ力が入らないわ……」

淳子が言い、やがて大股開きになった彼の股間に腹這いになった。

そして顔を寄せて幹に指を添えると、粘液の滲む尿道口をチロチロ舐めはじめてくれた。

「ああ、気持ちいい……」

「出さないでね。危なくなったら言って」

彼が喘ぐと、淳子が言って張りつめた亀頭にしゃぶり付いた。何やら、受け身一辺倒だった華保や美佐子よりも、淳子が一番彼を童貞扱いし、体験者らしい気遣いと手ほどきをしてくれている。

さらに彼女はスッポリと喉の奥まで呑み込むと、股間に熱い息を籠もらせながらクチュクチュと舌をからめてくれた。

たちまち彼自身は美少女の清らかな唾液に生温かくまみれ、すっかり高まってヒクヒクと震えた。

淳子は何度か顔を上下させ、スポスポと濡れた口で摩擦してくれたが、やがてチュパッと離した。

「大丈夫？」

「うん、上から跨いで入れてみて」

淳子に答えると、彼女もすぐに身を起こして前進してきた。

「中に出して構わないわ。姉からピルもらっているので」

彼の股間に跨がりながら言う。こうしたところも、真奈よりもずっと大人っぽい感じだった。

やがて先端に割れ目をあてがい、自ら陰唇を指で広げながら腰を沈め、彼自身をヌルヌルッと滑らかに膣口に受け入れていった。

「アアッ……、痛くないわ……」

淳子が顔を仰け反らせて言い、完全に股間を密着させてきた。

明男も肉襞の摩擦と潤い、締め付けと温もりを味わいながら、両手を伸ばして彼女を抱き寄せた。

淳子が身を重ねると、彼は両手でしがみつき、膝を立てて尻を支えた。

じっとしていても、息づくような収縮がペニスを心地よく刺激してきた。

京吾は自分本位に挿入するだけだから痛かっただろうが、明男は充分過ぎるほど愛撫をしたし、それに快楽の念も込めているから、淳子は本当に気持ち良さそうに目を閉じていた。

下から顔を引き寄せて唇を重ねると、淳子は自分から舌を挿し入れてきた。

間近に迫る彼女の頬のソバカスが艶めかしく、明男はチロチロと滑らかに蠢く舌を味わい、美少女の熱い吐息で鼻腔を湿らせながら徐々にズンズンと股間を突き上げはじめていった。

「アア……、気持ちいい……」

淳子が口を離して喘ぎ、自分からも合わせて腰を遣った。挿入で、初めての快感を得ているのだろう。

膣内の収縮と潤いが増し、次第に互いの動きが激しくなると、クチュクチュと湿った摩擦音が聞こえてきた。

明男は彼女の熱く喘ぐ口に鼻を押し付け、湿り気あるシナモン臭の吐息でうっとりと胸を満たした。

「い、いきそうよ、もうダメ……、アアーッ……！」

たちまち淳子が声を上ずらせ、ガクガクと、狂おしいオルガスムスの痙攣を開始した。

それは、クリトリスを舐められて果てる絶頂とは、比べものにならないほど大きいものなのだろう。

明男も、彼女の快感を読み取ろうとしたが、それは男の射精感覚と違い、あまりに大きすぎる快感なので途中で遮断した。

別に死ぬことはないだろうが、激しすぎる快感に慣れてしまうと、通常のセックスが物足りなくなってしまうかも知れない。

同時に彼も激しく昇り詰め、快感とともにありったけの熱いザーメンをドクンドクンと勢いよくほとばしらせた。

「あう、いい……！」

噴出を感じた淳子が呻き、呑み込むようにキュッキュッと膣内を締め上げた。

明男も快感を嚙み締めながら股間を突き上げ、心置きなく最後の一滴まで出し尽くしていった。

満足しながら突き上げを弱めていくと、

「アア……、セックスって、こんなに気持ちいいものだったの……？」

淳子も力を抜いて言い、グッタリと彼にもたれかかってきた。

彼は重みを受け止め、息づく膣内でヒクヒクと過敏に幹を震わせた。

そして彼女の吐き出すシナモン臭の悩ましい息を胸いっぱいに嗅ぎながら、うっとりと余韻を味わったのだった。

3

「あれえ、藤井じゃねえか」

明男が淳子の家から帰り、公園を横切って近道しながら自宅に向かっているところで彼は声を掛けられた。

見れば京吾ではないか。他にも二人、大柄な男がいて、三人とも派手な私服を着ている。

一瞬で、この二人が京吾の編入する高校の三年生で、この三人は中学時代からの遊び仲間だったことが分かった。不良らしい二人も、再び京吾と同じ学校になるので交友が復活したらしい。

「何だ、こいつ」

「ああ、こいつのおかげで転校することになったんだ」

京吾が、二人に明男のことを説明した。

「何だ、京吾、こんな弱そうな奴にやられたのか」

二人が苦笑して言い、威嚇するように明男の前に立ちはだかった。

公園内で子供が遊んでいるのは遊具のある遠くの方で、ここらは植え込みが多く人けはなかった。

明男は、二人の顔を見つめて笑みを洩らした。

「なに笑ってやがんだ」

「いや、見事に頭の悪そうな顔だな。可哀想に、二人ともバカな親から生まれたのだろう」

「何だと、この野郎」

二人が顔を真っ赤にして、同時に摑みかかってきた。不良でも、親を悪く言われると激怒するらしい。

しかし動きは明男の方が素早く、一瞬で彼の爪先が二人の股間を蹴り上げ、金的に炸裂していた。

「むぐ……！」

「うげ……！」

二人は奇声を発して白目を剝き、膝を突いて泡を吹いた。

「な、なに……！」

それを見た京吾が絶句し、一歩下がった。

「いいか、お前らは畜生以下の虫ケラだ。今後、人の道に外れたことをしたら、地獄に一億年落ちるからそう思え」

明男は呻く二人に言いながら、彼らの脳裏に地獄の映像を映し出し、本当に地獄があることを嫌と言うほど叩き込んだ。

さらに股間の損傷で、今後勃起した途端激痛に襲われ、二度と女性が抱けない身体にしてやった。

これでバカの子孫は、未来永劫この世に作られることはないだろう。

二人は立ち上がれず、肩を寄せ合って怯えた目を明男に向けていた。

「京吾」

「うわ……」

明男が京吾に向かって言うと、彼は尻餅を突いた。

「月曜から通う学校で真面目に勉強しろ。両親がいるのは有難いことなんだぞ。何とか大学に入って親孝行するんだ。でないと地獄行きだぞ」

明男はそう言い置き、歩き出そうとした。

「ま、待て、藤井……」

「何だ」

「お前、そんなに強いのに、なぜさんざん俺にいじめられてきた……」

京吾が声を震わせて言う。

「急に正義の力が宿ったんだ。お前のおかげでな」

明男は笑みを浮かべて言い、歩き去って公園を出た。

そしてコンビニで昼食用にサンドイッチと牛乳を買って帰宅したのだった。

授業の予習はしなくても大丈夫なので、たまに休憩してテレビを観ては、逃亡中の犯人を次々に地獄へ堕とした。

(そうだ、過去の事件も調べてみるか)

明男は思い、ネットを見て事件史を調べ、高校生コンクリート殺人事件や、アベック殺人事件、団地の屋上から消火器を落としたガキども、体育館の倉庫で生徒をマットに巻いて放置して殺害した事件、他にもストーカー殺人事件や、女の子に風俗で働かせるホストなど、全ての犯人をことごとく一兆年ばかり地獄へ叩き込んでやった。

さらに、すでに死刑になっていたり病死している犯人たちの霊魂も、どんどん地獄送りにした。

そして悪戯メールしてくる奴や、SNSで安全な場所から誹謗中傷してくる奴らも目に付く限り順々に地獄へ堕としてやった。

執筆にとりかかろうとして、自分や亡父の蔵書では調べきれないことが出てきたので、学校の図書館へ行くことにした。

身軽なジャージ姿でサンダルを履き、自宅から一瞬にして誰もいない校舎の裏に移動した。

すると、横にあった武道場で日曜でも部員たちが柔剣道の稽古をしていた。

武道場は畳敷きと板張りで、柔道部と剣道部が半分ずつ使っているが、昨今は部員も少なく、当校のスポーツはどれも強くないので、それでスポーツ万能の京吾が飛び入りで試合に出ていたのだ。

「おう、藤井じゃないか」

同じクラスの柔道部員、主将の荒垣《あらがき》が、窓から声を掛けてきた。

「いろいろ大変だったな。だがお前が勇気を出して告発したことは評価するぜ」

黒帯で柔道着姿の彼が明男に言う。

「だが、柴浦が転校したのは少し痛えな。試合が近いってのに」

「そんなに、京吾は柔道が強かったのか」

「ああ、主将の俺とほぼ互角だからな」

「そうか、京吾の代わりに僕が出ようか」

明男が言うと、彼は目を丸くした。

「だって、お前、柔道やったことあるのか」

「段はないけど、長く町道場に行ってたんだ」

「へえ、ちょっとやってみてくれないか」

荒垣が言う。

華奢な明男を誘うのだから、よほどメンバーが足りないらしい。

明男も入り口へ回り、サンダルを脱ぐと礼をして中に入った。半分を使う剣道部も、あまり人数がいないようだ。

「これ、洗濯済みだから着てくれ」

荒垣が言い、更衣室で柔道着を出してくれた。

明男も手早く全裸になり、柔道着を着込んで白帯を締めた。

明男が道場に出ると、他の部員から剣道部員まで何事かと彼の方を見た。

荒垣が、二年生の茶帯で一級の男子を指名し、

「乱取りしてみてくれ」

言うので、明男は二年生と礼をして対峙した。

組み手争いもなく、スンナリ右自然体に組むと、明男はいきなり左手を引き寄せ、脚を飛ばして払い腰。すでに、明男の頭には全ての柔道の技とテコの原理が詰まっている。

「うわ……」

二年生は声を上げ、見事に一回転して激しい受け身の音を立てた。

「ほ、本当に経験してるようだな。すげえ技のキレだ。おい、交代」

荒垣が言い、今度は三年生の初段を指名した。ちなみに主将の荒垣は二段で、当校の有段者はこの二人だけである。

「行くぞ！」

相手は最初から闘志満々に言い、両手を伸ばして間合いを詰めてきた。あるいは京吾と仲が良く、明男に敵対意識を持っているのかも知れない。

奴が右手を伸ばし、明男の左襟を摑んできた。明男も襟を取ろうとすると、相手は激しく振り払おうとした。

しかし明男は隙を見て難なく襟を摑み、釣り手だけの素早い背負い投げ。たちまち相手は、明男の肩を中心に大きく弧を描き、激しく畳に叩きつけられていた。

見ていた部員たちが息を呑んだ。

「お、俺が相手だ」

荒垣が言い、明男は息一つ切らさず彼に対峙した。

さすがに荒垣は迫力があり、すでに明男の技に油断なく間合いを詰めてきた。

身長も体重も大人と子供ぐらいだが、明男はスルリと懐に飛び込むなり、彼の袖を摑んで背を向けた。

身を沈めて腰を跳ね上げると、荒垣が彼の一本背負いに宙を舞い、見事な一本で畳に仰向けになっていった。

「し、柴浦や俺より強えかも……、頼む、試合に出てくれ……！」

荒垣が起き上がりながら懇願し、部員一同も明男に向かって頭を下げていた。

「わかった。いいよ」

明男は答え、次の日曜の試合に出る約束をした。

すると、見ていた剣道部の主将、吉岡《よしおか》も彼に近づいて言った。

「藤井、柴浦の代わりなら、剣道も出来ないか」

言われて、明男は剣道の技も試してみたくなって頷いていた。

4

「さあ来い！」

いきなり主将の吉岡が面を着けて言い、切っ先を向けてきた。

明男は、柔道着の上から垂れと胴を着け、面籠手を嵌《は》めて青眼で向き合った。

吉岡がスーッと間合いを詰めるなり、いきなり明男の切っ先を激しく右に払って飛び込み面を仕掛けてきた。

しかし明男は右に飛ぶなり返す刀で抜き胴、パーンと激しい物打ちの音がし、誰から見ても見事な一本だった。

またもや、柔剣道部の一同が目を丸くした。

「ま、まだまだ！」

吉岡が言い、再び向き直って構えた。

一本勝負の柔道と違い、剣道は三本勝負である。

明男は、汗臭く蒸れた面を早く脱ぎたくて、今度は自分から攻撃を仕掛けていった。

風のように迫り、籠手を狙うと見せかけると、吉岡も素早く応じ籠手。

しかし明男は竹刀を鮮やかに一回転させて切っ先を交わすと、見事に相手の面を取っていた。

まるで、明男の太刀筋に吉岡自らが吸い込まれるように打たれていたのだ。

パーンと音がし、それで吉岡は闘志を削がれて呆然となった。

「ま、参った……。こっちの試合にも出てくれ……」

彼が言い、明男は頷いて試合の日取りを聞いた。

そして防具を脱ぐと、更衣室でジャージに戻った。もちろん息も切らさず汗ばんでもいない。

やがて狐につままれたような一同に礼をし、明男は武道場を出て行った。

横のグランドでは野球部やサッカー部、体育館でもバレーやバスケの練習をしていた。

しかし旧館二階にある図書館に入ると、さすがにここはがらんとし、日曜なので誰もいなかった。だが、そこへメガネ美女の華保が入ってきて、

「まあ、藤井君……」

驚いたように言った。文芸部の顧問の華保は、日曜も来て同人誌の編集などしているようだ。

しかし文芸部員は真奈をはじめ少人数なので、日曜まで来る生徒はいない。

「こんにちは、投稿小説を書いているので、少し参考資料を見たくて」

彼が言うと、華保が表情を和らげた。

やはり肉体関係のある相手というより、校内なので教師と生徒の感覚を取り戻したのだろう。

「そう、どんな内容?」

「学園ものです。思春期の悩みとか成長とか」

訊かれて明男は答えた。さすがに、ここ最近の自分の性体験などを書く気はなかった。

「コーヒーでも淹れるわ。奥へ来ない?」

華保が言い、明男も招かれるまま奥の部屋に入った。

司書とも仲良しの華保は、何かとここを私室のようにして寛いでいるらしい。

本棚には在庫の本が並び、応接セットのようなソファもあった。奥にはトイレや、小さなキッチンもあるようだ。

もちろん密室に入り、明男は急激に欲情した。今日は司書も休みだから、もうここへは誰も来ないだろう。

コーヒーを淹れようとする華保をソファに座らせ、覆いかぶさるように迫っていった。

「や、止めて、藤井君……」

神聖な校内だから、華保は首を振って拒んだ。

「どうしても我慢できないんです」

彼は華保のうなじに顔を押し当て、スカートの中に手を差し入れると、下着の上からクリトリスに見当を付けて指を蠢かせた。

「アアッ……！」

彼女が熱く喘ぎ、快感のポイントを探られてクネクネと身悶えた。

甘ったるい汗の匂いと共に、濃厚な花粉臭の吐息が、ほのかなオニオン臭を混じらせて彼の鼻腔を刺激してきた。

やはり誰にも会わないつもりだったので、昼食後のケアもしていないらしく、濃い匂いに激しく彼は興奮を高めていった。

そして華保も、クリトリスを刺激され、見る見る全身から力が抜けてゆき、いつしかソファに横たわっていた。教師の顔から、再び欲求を溜め込んだ一人の女に戻ったのだ。

彼女が我を忘れたようにグッタリと身を投げ出したので、明男は手を離して身を起こし、彼女の靴を脱がせると、さらにパンストとショーツまで引き脱がせてしまった。

まるで薄皮を剝くように、白くスベスベの脚が露わになった。

明男は彼女の足首を摑んで浮かせると、指の間に鼻を押し付け、ムレムレの匂いを貪った。

爪先にしゃぶり付き、指の股に舌を割り込ませ、汗と脂の湿り気を味わうと、

「あう、ダメ、お願い……」

華保がか細く呻き、クネクネと身悶えた。

明男は両足とも爪先をしゃぶり尽くすと、脚の内側を舐め上げ、スカートの中に顔を潜り込ませていった。

白くムッチリした内腿をたどって股間に迫ると、もちろん裾の中で薄暗くても割れ目ははっきり見ることが出来た。

黒々と艶のある柔らかな茂みに鼻を埋め込んで嗅ぐと、蒸れた汗とオシッコの匂いが悩ましく胸に沁み込んできた。

クチュクチュと膣口の襞を掻き回すと、たちまち熱い愛液が溢れて舌の動きが滑らかになった。

濡れはじめた柔肉からクリトリスまで舐め上げていくと、

「アアッ……！」

華保が熱く声を洩らしたが、校内であることを思い出したように、慌てて手で口を押さえた。

しかし肉体の方はすっかり火が点き、朦朧となっているらしく拒んでくることもしない。

明男は執拗にクリトリスを舐め回し、美人教師の性臭に噎せ返りながら、熱く溢れてくる愛液をすすった。

彼女は必死に両手で顔を覆い、懸命に喘ぎ声を抑えていた。

味と匂いを堪能すると、明男は彼女の両脚を浮かせ、形良く豊満な尻に迫り、谷間の蕾に鼻を押し付けた。

蒸れた匂いを吸い込んでから舌を這わせ、ヌルッと潜り込ませると、滑らかな粘膜は淡く甘苦い味覚を伝えてきた。

「く……！」

華保が呻いて硬直し、肛門でキュッときつく舌先を締め付けた。

明男は充分に舌を出し入れさせ、彼女の前も後ろも味と匂いを貪り尽くした。

やがて華保が放心したようにグッタリとなると、いったん明男も身を起こして下着ごとズボンを脱ぎ去ってしまった。

そして彼女を抱き起こし、

「ね、お口で可愛がって」

言いながら自分がソファに座ると、華保もノロノロと床のカーペットに膝を突き、正面から彼の股間に顔を寄せてきた。

「ここ舐めて」

明男は浅く座り、自ら両脚を浮かせると手で谷間を広げ、彼女の鼻先に尻を突き付けた。もちろん柔剣道で暴れているが、今はすっかり湯上がりと同じ状態に戻してある。

華保も厭わず顔を迫らせ、チロチロと彼の肛門を舐め、自分がされたようにヌルッと潜り込ませてくれた。

「あう、気持ちいい……」

明男は妖しい快感に呻き、味わうようにモグモグと美人教師の舌を肛門で締め付けた。校内ということで、彼の興奮もいつになく激しく高まっていた。

やがて脚を下ろすと華保も舌を離し、鼻先にある陰嚢にしゃぶり付いてきた。

二つの睾丸が舌で転がされ、袋が生温かな唾液にまみれた。

せがむように幹を上下に震わせると、華保も前進し、肉棒の裏側をゆっくりと舐め上げてくれた。

ソファの背もたれに寄りかかり、大股開きになって股間に華保の顔を受け止めているのだ。教師と生徒がこんなことをしているなど、いま校内にいる誰もが夢にも思わないだろう。

華保は先端まで舐め上げ、粘液の滲む尿道口を舐め回すと、そのままスッポリと喉の奥まで呑み込んでいった。

幹を口で丸く締め付けて吸い、熱い鼻息で恥毛をくすぐりながら、口の中ではクチュクチュと満遍なく舌がからみついてきた。

股間を見れば、メガネ美女が上気した頬をすぼめて吸い、生徒のペニスを貪っているのだ。

明男はジワジワと絶頂を迫らせ、彼女の口の中でヒクヒクと幹を震わせながら高まっていった。

5

「ああ、先生、気持ちいい……、跨いで入れて……」

明男が喘ぎながら言うと、華保もスポンと口を離して身を起こした。

そして大胆に自ら裾をからげてソファに乗り、浅く腰掛けている彼の股間に跨がってきた。

先端に割れ目を当てると息を詰め、教え子のペニスを味わうようにゆっくり腰を沈み込ませていった。

ヌルヌルッと滑らかに根元まで嵌まり込むと、

「アアッ……!」

華保が熱く喘ぎ、ピッタリと股間を密着させてきた。

明男も温もりと感触を味わい、華保を抱き寄せると、彼女も両手で彼の顔にしがみついてきた。

明男は手早くブラウスのボタンを外して左右に開き、手を潜り込ませると背中のブラのホックも外してしまった。世界一、脱がせるテクニックを持った男と同じレベルの能力があるのだ。

弾むように露わになった巨乳と共に、内に籠もっていた熱気が甘ったるく解放された。

目の前に迫る巨乳に顔を埋め、左右の乳首を交互に含んで舐め回すと、

「ああ……、いい気持ち……」

もう戸惑いも薄れ、華保が正直な感想を洩らしはじめた。乳首が感じるたび、膣内がキュッキュッと心地よく締まった。

明男は両の乳首を存分に味わってから、乱れたブラウスの中に潜り込み、ジットリ汗ばんだ腋の下にも鼻を埋め、濃厚に甘ったるい汗の匂いでうっとりと胸を満たした。

そして唇を重ね、舌を潜り込ませると、

「ンンッ……」

華保も熱く鼻を鳴らして貪欲に舌をからめ、二人の混じり合った息でレンズが曇った。

「唾を飲ませて、いっぱい……」

唇を重ねたまま囁くと、華保も懸命に唾液を分泌させ、口移しにトロトロと注ぎ込んでくれた。彼はうっとりと味わい、生温かく小泡の多いシロップで心地よく喉を潤

した。

徐々にズンズンと股間を突き上げはじめると、華保も合わせて腰を上下させ、

「アア……、い、いきそう……」

口を離すと、唾液の糸を引いて彼女が喘いだ。

明男は美人教師の熱い吐息を嗅ぎ、花粉とオニオンの刺激で鼻腔を満たしながら次第に突き上げを強めていった。彼女も合わせて動くと、クチュクチュと湿った摩擦音が聞こえてきた。

大量に溢れる愛液で互いの股間がビショビショになり、活発になる収縮で彼女の絶頂が迫っていることも分かった。

「しゃぶって……」

囁いて彼女の口に鼻を押し込むと、華保もまるで鼻にフェラチオするように咥えて舌を這わせてくれた。

生温かなヌメリが鼻の頭や鼻を濡らし、唾液と吐息の混じり合った匂いが濃厚に鼻腔を刺激してきた。

「ああ、気持ちいい……」

明男は悩ましい匂いでうっとりと胸を満たしながら喘ぎ、ジワジワと絶頂を迫らせ

ていった。

しかし華保の方が、先にオルガスムスに達してしまった。

「い、いっちゃう、すごい……、アアーッ……！」

彼女が声を上ずらせ、ソファをギシギシ鳴らしながらガクガクと狂おしい痙攣を開始した。

明男も、吸い込まれるような収縮と蠢動に激しく昇り詰め、溶けてしまいそうな快感の中で、ありったけの熱いザーメンをドクンドクンと勢いよくほとばしらせてしまった。

「あう、いい……！」

深い部分を直撃された華保が駄目押しの快感に呻き、激しく悶えて股間を擦り付けてきた。明男も心ゆくまで快感を嚙み締め、最後の一滴まで出し尽くしていった。

「ああ……」

すっかり満足しながら彼は声を洩らし、徐々に突き上げを弱めていくと、いつしか華保も力尽きたようにグッタリともたれかかりながら、熱く荒い息遣いを繰り返していた。

やはり神聖な校内という禁断の場所だから、互いの快感も今まで以上に大きなものだったのだろう。

明男は、まだ名残惜しげに収縮する膣内でヒクヒクと幹を過敏に震わせ、美人教師の濃厚な唾液と吐息の匂いを間近に嗅ぎながら、うっとりと快感の余韻を味わった。

「アア……、震えが、止まらないわ……」

華保が言い、やがて後ろに手を伸ばしてテーブルにあったティッシュの箱を引き寄せた。

何枚か引き抜くと、そろそろと股間を引き離して割れ目に当て、そのまま床に膝を突きながら拭き清めた。

そして目の前にあるペニスに顔を寄せ、淫らに湯気を立て愛液とザーメンにまみれた亀頭にしゃぶり付いてきたのだ。

「ああ……、気持ちいい……」

明男は快感に喘ぎ、深々と含んだ彼女の口の中でヒクヒクと幹を震わせた。

すでに過敏な時期は過ぎ、絶大なパワーにより彼自身は華保の口の中でムクムクと回復していった。

「ンン……」

口の中で膨張する肉棒に喉を突かれて呻き、華保は懸命に舌を這わせてヌメリを吸い取ってくれた。

明男も、もう一回射精しておきたくて、股間に美人教師の熱い息を受けながらズンズンと股間を突き上げはじめた。

華保も顔を上下させ、上気した頬をすぼめて吸い付きながら、スポスポとリズミカルな摩擦を繰り返してくれた。

股間を見ると、メガネ美女が一心不乱にお掃除フェラをしてくれている。

自分だけ校内のソファにふんぞり返り、担任教師にしゃぶってもらっているのだから、実に贅沢な快感だった。

華保はもうすっかり満足しているのだから、長く我慢することはない。

明男は快感を解放させ、思い切り昇り詰めてしまった。

「い、いく、先生……!」

二度目とも思えない大きな快感に口走ると同時に、熱いザーメンがドクンドクンと勢いよくほとばしって華保の喉の奥を直撃した。

「ク……、ンン……」

噴出を受けて呻いた華保は、噎せそうになったが懸命に摩擦と吸引、舌の蠢きを続行してくれた。

「ああ、気持ちいい……」

明男は、美人教師の清らかな口の中に思い切り射精し、心置きなく最後の一滴まで搾り出してしまった。

満足しながら動きを止めていくと、華保も摩擦を止め、亀頭を含んだまま口に溜まったザーメンをゴクリと飲み込んでくれた。

「あう……」

喉が鳴ると同時に口腔がキュッと締まり、彼は駄目押しの快感に呻いてピクンと幹を震わせた。

ようやく華保もスポンと口を離すと、なおも余りの雫の滲む尿道口をチロチロと舐め回し、ヌメリを全て綺麗にしてくれた。

「あうう、もういいです……」

明男は過敏に腰をくねらせて呻き、彼女の手を引いて並んで座らせた。

そして華保の腕をくぐって胸に抱いてもらい、巨乳の感触と温もりに包まれながら呼吸を整えた。

余韻に浸りながら彼女の口に鼻を寄せて息を嗅ぐと、やはりザーメンの生臭さは残っておらず、さっきと同じ悩ましい芳香が含まれ、彼はうっとりと快感の余韻を味わったのだった。

「さあ、もういいでしょう……」

華保が言い、やんわりと彼の顔を胸から離させた。

やはり快楽と激情が過ぎてしまうと、いつまでも半裸の状態で校内にいるのが不安らしい。

ようやく明男が身を離して身繕いをはじめると、華保も立ち上がってブラを直してブラウスのボタンを嵌め、ショーツとストッキングを穿いた。

「じゃ、私は帰るわね」

「ええ、じゃまた明日から教室で」

華保が髪を直して言うと、彼は答えた。

もう彼女は同人誌の編集などどうでも良くなったようで、このまま帰宅するのだろう。

一緒に奥の部屋を出ると、華保は図書館を出てゆき、明男はすっきりした気持ちで資料本を読み、やがて帰宅したのだった。

そして翌日の月曜、明男は登校して一日の授業を受けた。

恐らく京吾も、新たな高校で転校第一日目を過ごしていることだろう。

すると放課後、下校しようとしていた明男の前に、真奈と淳子が揃ってやってきたのだった。

第五章　熟女の初体験

1

「これから今日うちで、三人で夕食しない？　両親が明日には旅行から帰って来ちゃうので」

淳子が言い、もちろん何の予定もない明男は頷いた。こうしたところは一人暮らしだから自由気ままである。

真奈も、今日の夕食は淳子の家ですると親に連絡したようだ。

やがて三人で下校し、淳子の家に向かった。

文芸部で幼げな真奈と、陸上部で活発な淳子は実に対照的だが、かえってそれで仲が良いのだろう。

三人で淳子の豪邸に入ると、まだ午後三時半だ。

すでに夕食は、昨夜作った大量のシチューがあるらしく、特に女子二人は夕食の仕度もせず、そのまま三人で二階にある淳子の部屋に入った。

女の子の部屋で、セーラー服姿の二人を前にすると、明男の股間が急激に熱くなってきた。

しかし、三人なので淫らな展開は難しいかも知れない。

それなのに淳子が、目をキラキラさせて明男に言ってきたのだ。

「ね、藤井君、全部脱いでここに寝て」

「え……」

「二人で男子の身体を、うんと観察したいの」

淳子が言い、たちまち明男は痛いほど激しく股間を突っ張らせてしまった。

真奈も承知で来ているらしく、平然としていた。

あるいは親友同士の二人は、それぞれがすでに明男と体験したことを話し合っていたのかも知れない。

「うん、分かった。二人も全部脱いでくれる?」

「いいわ」

「あ、せっかくだから、二人は裸の上から制服とスカートを着けて」

明男は言い、学生服を脱ぎ、手早く全裸になっていった。

すると二人も黙々と制服を脱ぎ、先に彼はピンピンに勃起しながら、淳子の匂いの沁み付いたベッドに横たわった。

二人もソックスまで脱ぎ去ってノーブラとノーパンになると、その上から再び濃紺のスカートを穿き、セーラー服を着た。

セーラー服は白の長袖で、濃紺の襟と袖に三本の白線だ。

二人は白いスカーフを締め、全裸で仰向けになった彼に左右から迫ってきた。

自分だけ全裸で、セーラー服姿で対照的な美少女二人を前にすると、見られる羞恥と期待に胸が激しく高鳴った。

「すごい勃ってるわ。でもそこは最後に取っておこうね」

淳子が言い、真奈が頷くと、二人は屈み込み、左右同時に彼の乳首にチュッと吸い付いてきた。

「あう……」

両の乳首に美少女たちの唇を受け、明男は思わずビクリと反応して呻いた。

二人は熱い息で彼の肌をくすぐり、チロチロと左右の乳首を舐め回した。

「噛んで……」

言うと、二人も綺麗な歯並びでキュッキュッと乳首を刺激してくれた。

「あう、気持ちいい、もっと強く……」

強い刺激を求めてせがむと、二人もやや力を込めて乳首を噛んだ。

例え噛み切られるほど強く噛まれても、ルナにもらった力があるので、痛みより甘美な快感の方が大きい。

やがて充分に舌と歯で両の乳首を味わい尽くすと、二人は彼の肌を下降していった。

脇腹にも舌が這い、キュッと歯が食い込むと、否応なく彼はビクリと反応してしまった。

さらに二人は彼の下腹から腰、歯を立てながら脚を舐め降りていった。

明男は何やら、二人の美少女たちに身体を縦に半分ずつ、食べられていくような興奮に包まれた。

脚をたどっていくと、二人は厭わず同時に彼の足裏を舐め、爪先にもしゃぶり付いてきたのである。そして彼の指の股にも、ヌルッと生温かく濡れた舌が割り込んできた。

「あう、いいよ、そんなことしなくても……」

明男は、申し訳ないような快感に呻きながら言ったが、二人は別に彼を悦ばせるためというよりも、自分たちの意思と欲望で男の身体を隅々まで貪欲に賞味しているようだった。

両足とも、全ての指の股に彼女たちの舌が割り込み、彼は何やら生温かなヌカルミでも踏んでいるような心地だった。

ようやくしゃぶり尽くすと、

「うつ伏せになって」

淳子が言い、彼も素直にゴロリと寝返りを打ってうつ伏せになった。枕に顔を埋めると、淳子の悩ましい匂いが鼻腔を満たした。

すると二人は、彼の踵からアキレス腱を舐め上げてきたのだ。

まるで彼が日頃、女性にしている愛撫の順序のようである。

ヒカガミから太腿、そして尻の双丘にもキュッと二人の歯が食い込むと、

「あう、もっと強く……」

明男は刺激をせがみ、うつ伏せなので勃起したペニスが自分の重みで押し潰れた。

二人とも、まるで咀嚼するようにキュッキュッと尻の丸みを嚙み、腰から背中を舐め

上げてきた。

されるのは初めてだが、背中も実にくすぐったくて感じる場所であった。

二人の口が肩まで来ると、湿り気ある吐息がうなじをくすぐった。

そして耳の裏側まで舐めると、二人は再び背中を舌と歯で下降し、尻に戻ってきた。

すると彼はうつ伏せのまま股を開かされ、先に淳子らしき舌がヌラヌラと肛門を舐めてくれた。

「く……」

ヌルッと潜り込むと、明男は快感に呻き、キュッと肛門で舌先を締め付けた。

やがて淳子が舌を蠢かせてから離れると、すかさず真奈が舐め回し、同じように潜り込ませてきた。

立て続けだと、二人の舌の微妙な感触や温もりが異なるのが分かり、実に贅沢な体験であった。

「じゃ、また仰向けに」

真奈が舌を引き離すと淳子が言い、再び明男はゴロリと仰向けに戻った。

すると淳子が彼の両脚を浮かせ、再び肛門を舐め回してから、二人で一緒に陰嚢にしゃぶり付いてきたのだ。

「アア……」

セーラー服の美少女たちの前で大股開きになり、同時に二つの睾丸を舌で転がされ、明男は羞恥と刺激に熱く喘いだ。

股間に二人分の熱い息が籠もり、やがて袋全体は美少女たちのミックス唾液で生温かくまみれた。

女同士の舌が触れ合っても全く抵抗は無さそうなので、あるいは二人でレズごっこでもした経験があるのかも知れない。

やがて脚が下ろされると、いよいよ二人は顔を進め、肉棒の裏側と側面をゆっくり舐め上げてきた。

まるで美しい姉妹が、一本のバナナを味わっているかのようだ。

先端まで来ると、粘液の滲む尿道口がチロチロと交互に舐められ、やがて代わる代わる張りつめた亀頭を含んだ。

「ああ、すごい……」

淳子が頬をすぼめ、チューッと吸い付きながらスポンと引き離すと、すかさず真奈が含み、上気した頬に笑窪を浮かべて吸い、チュパッと引き離し、それが交互に繰り返された。

ここでも、二人の口腔の温もりや感触の違いが分かり、何とも贅沢な快感が得られ、次第にどちらの口に呑み込まれているか分からないほど、彼は快感に朦朧となってきた。

たちまちペニスは二人分の清らかな唾液にまみれ、絶頂を迫らせてヒクヒクと震えた。

「どうする？　私たちのお口に出したい？」

口を離した淳子が訊いてくる。

「それもいいけど、やっぱり一つになって中に出したい……」

明男が答えると、やがて二人は顔を上げた。

「いいわ、でも入れる前に、私たちも舐めて欲しいの」

「うん、じゃ足の裏から」

言われて明男が答えると、二人はすぐ立ち上がって彼の顔の左右にスックと立った。

二人のセーラー服の美少女を真下から見上げるのは、何とも壮観である。

スカートの裾から健康的な脚がニョッキリと伸び、中の薄暗がりも良く見えて二人とも割れ目が濡れているのが分かった。

すると二人は互いの身体を支え合いながら、そろそろと足を浮かせて彼の顔に乗せてくれた。

彼は二人分の足裏に舌を這わせ、それぞれの指の間に鼻を押し付けて嗅いだ。

どちらも指の股は汗と脂に湿り、ムレムレの匂いが濃く沁み付いて、悩ましく彼の鼻腔を刺激してきた。

「ああ、いい匂い……」

明男は二人分の蒸れた匂いを貪り、それぞれの爪先にしゃぶり付いて、順々に指の股に舌を割り込ませて味わったのだった。

2

「あん、くすぐったいわ……」

二人がガクガクと足を震わせて喘ぎ、身悶えるたびにスカートが揺れ、生ぬるい風が明男の顔をくすぐった。

やがて二人は足を交代させ、明男も美少女たちの足指に籠もる、新鮮な味と匂いを味わい尽くしたのだった。

「じゃ、顔にしゃがんで」

「いいわ、私からしていい？」

明男が下から言うと、淳子が真奈に訊いた。

何やら明男の意向より二人の気持ちが最優先で、彼は全く二人の快楽の道具にされているような興奮が高まった。

先に淳子が遠慮なく、仰向けの彼の顔に跨がると、裾をからげてしゃがみ込んできた。

まさに、和式トイレスタイルを真下から見ているようだ。

淳子が完全にしゃがみ込むと、裾からはみ出した脚がM字になり、内腿がムッチリと張りつめて股間が鼻先に迫った。

はみ出した花びらはしっとりと露を宿し、熱気が顔を包み込んだ。

腰を抱き寄せ、若草の丘に鼻を埋めて嗅ぐと、蒸れた汗とオシッコの匂いが悩ましく鼻腔を刺激してきた。

明男は匂いに噎せ返りながら舌を這わせ、淡い酸味の蜜をすすって膣口からクリトリスまで舐め上げていった。

「あう、いい気持ち……」

淳子が呻き、新たな蜜をトロリと漏らした。

彼は味と匂いを貪り、尻の真下に潜り込むと、顔で双丘を受け止めながら谷間の蕾に鼻を埋め込んだ。

蒸れた匂いを嗅いでから舌を這わせ、ヌルッと潜り込ませると、

「アア……」

淳子が喘ぎ、モグモグと肛門で舌先を締め付けてきた。

明男は舌を蠢かせ、滑らかな粘膜を探っていたが、

「も、もういいわ、真奈にしてあげて……」

さすがに同級生だが姉貴分の淳子が腰を浮かせ、真奈のため場所を空けた。

ためらいなく真奈も彼の顔に跨がり、同じようにしゃがみ込んできた。

ムッチリと張りつめた内腿が顔に覆いかぶさり、真ん中のぷっくりした割れ目が鼻先に迫った。

楚々とした茂みに鼻を埋めて嗅ぐと、汗とオシッコの蒸れた匂いに混じり、ほのかなチーズ臭も鼻腔を掻き回してきた。

胸を満たして舌を這わせると、真奈の割れ目も淳子に負けないほど濡れ、彼は息づく膣口から小粒のクリトリスまで舐め上げていった。

「あん、いい気持ち……」

真奈が喘ぎ、思わず座り込みそうになり、懸命に彼の顔の左右で両足を踏ん張った。

彼はチロチロとクリトリスを舐めては、溢れる蜜をすすり、やがて尻の真下に潜り込んだ。

可憐な薄桃色の蕾に籠もる蒸れた匂いを嗅いでから舌を這わせ、ヌルッと潜り込ませて滑らかな粘膜を味わった。

「く……！」

真奈が肛門で舌先を締め付けた。

すると明男は、いきなりペニスが生温かなものに含まれたのに気づいた。

どうやら待ち切れない淳子が再びペニスをしゃぶり、唾液で濡らしているのだった。

「いい？　入れるわ……」

淳子が言い、彼の股間に跨がってきた。

そして幹に指を添えると先端に濡れた割れ目を押し付け、ゆっくり腰を沈めて膣口に受け入れていったのだった。

ヌルヌルッと根元まで呑み込まれると、彼は快感に息を詰めた。

仰向けの彼の顔と股間に、二人の美少女が座り込んでいるのだ。

「アア、いいわ……」

淳子がグリグリと股間を擦り付けて熱く喘ぎ、前にいる真奈の背にもたれかかった。

やがて前も後ろも舐められた真奈が身を離すと、淳子も完全に彼に身を重ねてきた。

明男も膝を立てて淳子の尻を支え、セーラー服をめくり上げて乳首に吸い付いていった。

制服の内側には、生ぬるく甘ったるい匂いが籠もり、彼は両の乳首を味わってから、添い寝してきた真奈の制服もめくり、同じように乳首を含んで充分に舐め回した。

二人分の乳首を味わうと、彼は乱れたセーラー服に潜り込み、それぞれの腋の下にも鼻を埋め、濃厚に甘ったるい汗の匂いで胸を満たした。

やがて淳子が待ち切れないように腰を動かしはじめると、明男もズンズンと股間を突き上げはじめた。

「アア……、気持ちいいわ……」

淳子が収縮と潤いを増して喘ぎ、次第に動きを速めていった。

明男は二人の顔を引き寄せ、唇を重ねていった。

二人も厭わず、舌を伸ばして彼の舌を舐め回してくれた。

三人が鼻を突き合わせているので、混じり合った熱い息で彼は顔じゅうに湿り気を帯びた。

美少女二人の舌を同時に舐めるとは、これも贅沢な快感だった。

「うんと唾を垂らして……」

言うと二人も交互に口を寄せ、白っぽく小泡の多い唾液をトロトロと吐き出してくれた。明男はミックスシロップを味わい、うっとりと喉を潤しながら突き上げを強めていった。

「アア、いきそう……」

淳子が喘ぎ、シナモン臭の悩ましい吐息を弾ませた。

彼は鼻を押し付けて胸いっぱいに嗅ぎ、真奈の口も抱き寄せ、甘酸っぱい果実臭の吐息で鼻腔を満たした。

それぞれの匂いが鼻腔で混じり合い、何とも言えない甘美な悦びが胸に広がってきた。

「い、いく……、アアーッ……！」

たちまち淳子が声を上げ、ガクガクと狂おしい痙攣を開始した。

明男も続いて絶頂に達し、大きな快感の中で熱い大量のザーメンをドクンドクンと勢いよくほとばしらせた。

「あう、感じる……、もっと……！」

噴出を受けた淳子が呻き、キュッキュッときつく締め上げてきた。

明男は快感を噛み締めながら最後の一滴まで出し尽くし、満足して突き上げを止めていった。

淳子も強ばりを解いてグッタリともたれかかり、彼自身は息づく膣内でヒクヒクと過敏に幹を震わせた。

そして明男は、二人分のかぐわしい吐息を間近に嗅ぎながら、うっとりと快感の余韻に浸り込んでいったのだった。

3

「じゃ、二人で僕の肩を左右から跨いで」

バスルームで、互いの身体を流し合ってから、明男は床に座り込んで言った。

さすがに広い洗い場で、三人でいても狭い感じがしなかった。

セーラー服を脱ぎ去り、一糸まとわぬ二人の肢体を見ると、明男の興奮はすぐにも甦ってきた。

真奈と淳子も立ち上がって、両側から彼の肩を跨ぎ、顔に股間を突き出してくれた。

「じゃ、オシッコ出してね」

言うと、二人も羞恥より興奮に任せ、下腹に力を入れて尿意を高めはじめてくれた。

明男も、交互に二人の割れ目を舐め回した。洗ったので匂いは薄れたが、二人とも新たな愛液を漏らしはじめていた。

「いいのね、出るわ……」

物怖じしない淳子が先に言い、息を詰めてチョロチョロと熱い流れをほとばしらせてくれた。明男は舌に受け止め、清らかな味と匂いを堪能しながらうっとりと喉を潤した。

すると反対側からも、真奈がチョロチョロとか細い流れを漏らしてきたのだ。

彼はそちらにも顔を埋め、美少女の流れを味わった。

二人分の熱いシャワーを浴びると、すぐにも彼自身がムクムクと回復し、たちまち元の硬さと大きさを取り戻してしまった。

別にルナからもらった力がなくても、美少女が二人もいれば、回復力は倍加していることだろう。

「アア、変な感じ……」

ゆるゆると放尿しながら淳子が喘ぎ、真奈も勢いを増した流れを彼の肌に浴びせかけていた。

どちらの味と匂いも淡いものだが、二人分となるとそれなりに鼻腔が悩ましく刺激された。

やがて二人とも流れの勢いが衰え、間もなく治まってしまった。

明男は二人分の残り香の中で、交互に割れ目を舐めて余りの雫をすすった。

「も、もうダメ……」

立っていられなくなったように真奈が膝を震わせて言い、ようやく彼は顔を離した。

そしてもう一度三人でシャワーを浴び、身体を拭いて全裸のまま二階の部屋へと戻った。

親たちが不在の豪邸で、女の子たちと全裸で歩き回るのも実に乙なものである。

明男が再び仰向けになると、また二人は顔を寄せ合い、同時にペニスを舐め回してくれた。すでに最大限に膨張している彼自身は、美少女たちのミックス唾液に充分にまみれた。

「いいわ、真奈、入れてみて」

やがて淳子が顔を離して言うと、真奈もすぐに身を起こして明男の股間に跨がってきた。

淳子が幹に指を添え、先端を真奈の割れ目にあてがってくれた。

少し前までは処女と思っていたのに、いつの間にか体験していた妹分だが、それでも淳子は面倒見が良かった。

真奈が息を詰め、恐る恐る座り込んでくると、屹立した彼自身はヌルヌルッと滑らかに根元まで呑み込まれていった。

「アアッ……！」

ぺたりと座り込んだ真奈が顔を仰け反らせて喘ぎ、密着した股間を押しつけてきた。

明男は両手を伸ばして真奈を抱き寄せ、膝を立てて尻を支えると、淳子も添い寝してきた。

「痛い？」

「ううん、いい気持ち……」

淳子に訊かれ、真奈が小さく答えた。

「もう感じるなんて、よほど藤井君と相性が良いのね」

淳子は言いながら、重なった真奈の背を優しく撫でていた。

そして明男はズンズンと小刻みに股間を突き上げはじめると、真奈も熱く息を弾ませ、応じるように動きを合わせてきた。

溢れる愛液にピチャクチャと音がし、それに興奮したように淳子も自分で割れ目をいじりはじめたではないか。

「唾を飲ませて」

彼が言うと、またかと呆れたように嘆息しながらも淳子が口移しにトロトロと注いでくれ、真奈も上からクチュッと垂らしてくれた。

二人分のミックス唾液を飲み込んで高まり、彼は突き上げを強めていった。

「ね、顔じゅうに唾を強くペッて吐きかけて」

「まあ、そんなことされたいの？　いいけど」

せがむと淳子が答え、唇に唾液を滲ませて顔を寄せ、ペッと強く吐きかけてくれた。

悩ましい息の匂いと共に、生温かな唾液の固まりがピチャッと鼻筋を濡らし、頬の丸みをトロリと伝い流れた。

「ああ、気持ちいい。真奈ちゃんもして」

明男が言うと、真奈も控えめにペッと吐きかけてくれた。さらに二人にせがむと、いつしか二人は遠慮なく強く吐き出し、たちまち彼の顔は美少女たちの唾液でヌルヌルにまみれた。

「い、いく……」

明男は、二人分の唾液と吐息の匂いに酔いしれ、きつく締まる真奈の膣内で激しく昇り詰めてしまった。

ありったけの熱いザーメンがドクンドクンと勢いよくほとばしると、

「あ、熱いわ、いい気持ち……、アアーッ……！」

噴出を感じた真奈も、オルガスムスのスイッチが入ったように声を上げ、ガクガクと狂おしい痙攣を開始したのだ。

さらに淳子まで、

「いく……、いいわ……！」

自らのクリトリスへの刺激で声を上ずらせ、同じようにクネクネと全身を波打たせはじめた。三人が同時に激しいオルガスムスを得るなど、滅多に出来ないことであろう。

明男は密着する二人分の温もりと感触を味わい、心ゆくまで快感を味わいながら、最後の一滴まで出し尽くしていった。

やがて、すっかり満足しながら突き上げを弱めていくと、

「アア……」

真奈も声を洩らし、力尽きたように硬直を解いてグッタリと彼に体重を預けてきた。

淳子も身悶えながら、クリトリスから指を離し、横から身を寄せながら荒い息遣いを繰り返した。

明男は、まだ息づく真奈の膣内でヒクヒクと幹を過敏に震わせて力を抜いていった。

そして混じり合った二人分の悩ましい吐息を間近に嗅ぎながら、うっとりと快感の余韻を嚙み締めたのだった。

4

「昨日はすごかったわね。また今度、三人でしようね……」

翌日の火曜、学校で淳子が明男に言った。

横にいる真奈も、まだ昨日の激しい余韻がくすぶっているようにモジモジしている。

あれから昨夕は、三人でシチューの夕食を囲んだ。

あまり遅くなってはいけないので、早いうちに帰る真奈を明男が送り、そのまま解散して彼も帰宅したのだった。

そして今日、一日の授業を終えると明男は真っ直ぐに帰宅した。

学生服を脱ぐと、まるでタイミングを見計らったようにチャイムが鳴った。

出ると、頬を紅潮させた美佐子ではないか。

「お邪魔してよろしいですか」

言われて、明男は急激に淫気を催しながら彼女をリビングに通した。

「本当に当たりました。半信半疑で買った宝くじですが、昨夜ネットで見ると、一億が……！」

美佐子が勢い込んで言う。

「そうですか、それは良かった。宝くじは税金がかかりませんので」

「今日銀行に行って振り込んでもらいましたが、まだ胸の震えが治まりません。でも、どうして番号が……」

美佐子が、甘ったるい匂いを濃く揺らめかせながら言う。

「僕は霊感が強いんです」

「あの、半分に分けて差し上げたいのですけど」

「そんな必要はないです。今度は僕も当てますので」

「まあ……」

明男が答えると、美佐子も肩の力を抜いた。

「うちの人も夢のようだと喜んでいました。もちろん藤井さんに番号を教わったなど言わず、私が気まぐれに二百円の一枚だけ買ったと報告しました」

「ああ、それでいいです。でも京吾には、大金が入ったことなど内緒にした方がいいですね」

「もちろんです。甘えられたら困るし、苦労して大学までやるという姿勢はそのまま崩しませんので」

美佐子が答える。どうやら京吾も昨日から新たな高校に通い、真面目にやりはじめているようだ。

「京吾なら、本気で頑張れば今の高校のトップクラスになれるでしょう」

「ありがとうございます。何とお礼を申し上げていいか……」

美佐子が言い、明男に向かい両手を合わせた。

どうやら家のローンも完済できるようだ。

もちろん根が生真面目らしい恭助は、仕事を辞めて楽をしようなど思わず、今まで通り車のセールスを続けるらしい。心に余裕が出来れば、きっと成績も上がることだろう。

やがて話を終えると、明男は腰を上げた。

「じゃ、僕の部屋に来て下さいね」

言って移動すると、美佐子も一応ためらいがちに立ち上がって従った。

もちろん彼女も前の経験があるから、今日もそうなることを予想し、どうにでもしてという様子が見て取れた。

「じゃ、全部脱いで下さいね」

「あの、どうかシャワーを……。朝から舞い上がって、あちこち駆け回っていたもので……」

「そのままでいいですよ。ナマの匂いのする方が燃えるので」

モジモジする彼女に言い、明男は自分から手早く全裸になっていった。

やがて諦めたように美佐子も脱ぎはじめ、いったんその気になると熟れ肌の疼きが濃厚に空気を伝わってくるようだった。

昨日のような3Pも目眩《めくるめ》く体験だったが、やはり本来の秘め事は一対一の密室の方が淫靡で良いのだと実感した。

互いに一糸まとわぬ姿になると、明男は美佐子をベッドに仰向けにさせた。

色白豊満で、今日も華保以上の巨乳が息づき、甘ったるい体臭が艶めかしく漂っている。

彼はまず、美佐子の足裏に屈み込んで舌を這わせ、ムレムレになっている指に鼻を割り込ませて嗅いだ。

「あう、そんなところを……」

美佐子がビクリと反応して言い、それより早く挿入して欲しい様子だった。

明男は指の股に舌を挿し入れて汗と脂の湿り気を味わい、美熟女の両足とも味と匂いを貪り尽くした。

そして股を開かせ、脚の内側を舐め上げ、ムッチリと量感ある内腿をたどって股間に迫った。

陰唇を広げると、すでに愛液が大洪水になっていた。おそらくは、ここへ向かう途中から期待に濡れはじめていたのだろう。

大きなクリトリスも、鈍い光沢を放ってツンと突き立っている。

顔を埋め込み、柔らかな茂みに鼻を擦りつけて嗅ぐと、蒸れた汗とオシッコの匂いに、大量の愛液の生臭い成分も混じって鼻腔が刺激された。

「いい匂い」

「アア、恥ずかしい……」

股間から言うと、美佐子が声を震わせ、キュッと内腿で彼の両耳を挟み付けてきた。

舌を挿し入れ、淡い酸味のヌメリを掻き回し、息づく膣口から大きなクリトリスま

で舐め上げていくと、

「アァッ……！」

美佐子が喘いで顔を仰け反らせ、ヒクヒクと白い下腹を波打たせた。

明男は充分に割れ目の味と匂いを貪ってから、彼女の両脚を浮かせ、豊満な尻の谷間に迫った。

薄桃色の蕾に鼻を埋め、顔全体に密着する双丘を味わいながら蒸れた匂いを嗅ぎ、舌を這わせてヌルッと潜り込ませた。

「あう……！」

美佐子が呻き、キュッときつく肛門で舌先を締め付けた。

彼は滑らかな粘膜を探り、ようやく脚を下ろして再び割れ目に戻り、大量のヌメリを舐め取ってクリトリスに吸い付くと、

「お、お願い、入れて……」

美佐子が息を弾ませて、哀願するように言った。

明男も美熟女の前も後ろも味わうと、そのまま身を起こして股間を進めた。

先端を濡れた割れ目に擦り付け、感触を味わいながらゆっくり膣口に挿入していった。

ヌルヌルッと滑らかに根元まで埋まり込むと、

「アアッ……、いい……！」

美佐子が身を弓なりに反らせて喘ぎ、キュッときつく締め付けてきた。

明男も股間を密着させて脚を伸ばし、まだ動かずに屈み込むと巨乳に顔を埋め込んだ。

左右の乳首を交互に含んで舌で転がし、色っぽい腋毛のある腋の下にも鼻を密着させ、ミルクのように濃厚に甘ったるい汗の匂いに噎せ返った。

待ち切れないように美佐子がズンズンと股間を突き上げはじめたので、彼も腰を突き動かし、浅い部分を繰り返してからたまにズンと深く入れ、突くより引く方を意識して律動した。

「アア、すごいわ、すぐいきそう……」

美佐子が収縮と潤いを増して喘ぎ、クネクネと熟れ肌を悶えさせた。

しかし明男は、前々から体験してみたいことがあり、動きを止めて身を起こした。

「ね、お尻の穴に入れてみたい……」

「え……」

囁くと、美佐子も驚いたように動きを止めた。

「無理だったら止すから」

「そう……、いいわ、何をしても……」

言うと美佐子が答えた。どのようにでも身を任せるというより、彼女もアナルセックスに好奇心を湧かせたのかも知れない。

明男はそろそろとペニスを引き抜き、彼女の両脚を再び浮かせた。

見ると、割れ目から溢れる大量の愛液が肛門の方まで伝い流れ、ヌメヌメと潤っていた。

彼は愛液に濡れた先端を蕾に押し当て、呼吸を計りながら挿入していった。

もちろん痛みより快感が得られるよう、彼女に念を飛ばしている。

張りつめた亀頭が潜り込むと、蕾が丸く押し広がり、そのままズブズブと根元まで受け入れていった。

「あう……」

美佐子が呻いたが、すでに彼自身は深々と嵌まり込んでしまった。

さすがに入り口はきついが、中は案外楽で、思ったほどのベタつきもなく、むしろ滑らかな感触だった。

明男は、この美熟女に残った最後の処女の部分を味わい、様子を見ながら小刻みに腰を突き動かしはじめた。

「く……」

美佐子が違和感に眉をひそめたが、次第に括約筋の緩急の付け方に慣れてきたように、すぐにも動きが滑らかになっていった。

「大丈夫？　痛くないですか？」

「ええ……、変な感じだけど、だんだん気持ち良くなってきたわ……」

訊くと美佐子が答え、モグモグときつく締め付けてきた。

そしてリズミカルな動きを続けているうち、美佐子の快感も激しくなってきたようだ。

「ああ……、いい……」

美佐子が喘ぎ、自ら巨乳を揉みしだいて乳首をつまみ、もう片方の手は空いた割れ目に這わせはじめた。愛液に濡れた指の腹で、大きなクリトリスを擦るとクチュクチュと淫らな音が響いた。

女性はこのようにオナニーするのかと明男は興奮しながら、摩擦快感に高まっていった。

勢いを付けて股間をぶつけると、豊満な双丘が密着して心地よく弾んだ。

もう我慢せず、明男もそのまま快感を解放し、激しく昇り詰めていった。

「い、いく……！」

彼は絶頂に達して口走り、熱い大量のザーメンをドクンドクンと勢いよく直腸内にほとばしらせた。

「あう、感じるわ……、アアーッ……！」

噴出を受け止めると、たちまち美佐子も声を上げてガクガクと狂おしいオルガスムスの痙攣を開始した。

彼が送り込んでいる快感の念と共に、自らのクリトリスへの刺激も強烈に加わったのだろう。

肛門が、膣内と連動するようにキュッキュッと収縮し、中に満ちるザーメンでさらに動きがヌラヌラと滑らかになった。

明男は心ゆくまで、アナルセックス初体験の快感を嚙み締め、最後の一滴まで出し尽くしていった。

すっかり満足しながら動きを弱め、力を抜いていくと、

「アア……」

美佐子も声を洩らし、乳首とクリトリスから指を離してグッタリと身を投げ出した。

呼吸を整えながら引き抜こうとすると、ヌメリと締め付けでペニスが自然に押し出され、やがてツルッと抜け落ちてしまい、何やら美女に排泄されたような興奮を覚えた。

ペニスに汚れの付着はなく、見ると丸く開いた肛門も一瞬中の粘膜を覗かせ、見る見るつぼまって元の形に戻っていった。

「あ、洗った方がいいわ……」

息を弾ませながら美佐子が言うと、やがて明男も彼女を支えながらベッドを降り、一緒にバスルームへ移動したのだった。

5

「オシッコも出しなさい。中から洗い流した方が良いから」

バスルームで美佐子が、ボディソープで甲斐甲斐しくペニスを洗い、湯を掛けながら年上らしく明男に言った。

彼も回復を堪え、懸命にチョロチョロと放尿した。

出しきると、美佐子がもう一度シャワーの湯を浴びせてくれた。

「ね、お母様もオシッコ出してみて」

明男は狭い洗い場の床に座って言い、目の前に美佐子を立たせた。

「そんな、見られていたら出ないわ……」

「ほんの少しでいいから」

彼は言い、美佐子の片方の足を浮かせてバスタブのふちに乗せ、開いた股間に顔を埋め込んでいった。

まだ美佐子は洗い流していないので、恥毛の隅々には濃厚に蒸れた匂いが残ったままだ。

明男は悩ましい匂いを貪りながら舌を挿し入れ、放尿を促すように内部を掻き回しながら、尿道口が緩むように念を送った。

「アア……、そんなに近づかないで……」

尿意が高まったように彼女が言い、ガクガクと膝を震わせた。

なおも構わず舐めていると、奥の柔肉が迫り出すように盛り上がり、味わいと温もりが変化した。

「あう、出ちゃう……」

美佐子が息を詰めて言うなり、チョロッと熱い流れがほとばしってきた。

慌てて引き締めたが、いったん放たれた流れは止めようもなく、チョロチョロと勢いを付けて注がれてきた。

彼は舌に受けて味わい、うっとりと喉に流し込んだ。味も匂いも、女子高生たちや華保よりもやや濃いが、むしろ艶めかしさが多く感じられた。

溢れた分が温かく肌を伝い、すっかりピンピンに回復したペニスが心地よく浸された。

「アア……」

美佐子が喘ぎ、やがて勢いが衰えると流れは治まってしまった。

口を離して見ると、ポタポタ滴る余りの雫に愛液が混じり、すぐにもツツーッと淫らに糸を引いた。

それを残り香の中で舐め回すと、

「も、もうダメ……」

美佐子が彼の顔を股間から突き放すと、脚を下ろして椅子に座り込んでしまった。

明男は、もう一度互いの全身にシャワーの湯を浴びせ、彼女を立たせると身体を拭いてベッドに戻った。

今度は明男が仰向けになると、美佐子も彼の股間に腹這いになった。

何しろ、まだ膣内で果てていないので、彼女もヤル気は満々そうである。

「ここ舐めて」

明男が両脚を浮かせ、尻を突き出して言うと美佐子も顔を寄せてきた。

彼は自ら両手で尻の谷間を広げ、肛門を突き出すと、美佐子もチロチロと舐めはじめてくれた。

熱い鼻息が陰嚢をくすぐり、美佐子の舌がヌルッと潜り込むと、

「あう、気持ちいい……」

彼は妖しい快感に呻き、美熟女の舌を肛門でモグモグと締め付けて味わった。

美佐子が中で充分に舌を蠢かせると、内側から刺激されたペニスがヒクヒクと上下し、先端から粘液が滲んだ。

気が済んで脚を下ろすと、美佐子も心得て今度は陰嚢を舐め回した。

二つの睾丸を舌で転がし、股間に熱い息を籠もらせて袋全体が充分に唾液にまみれると、彼がせがむように幹を震わせた。

美佐子も前進し、まずは胸を寄せると巨乳の谷間に幹を挟み、両側から揉んでくれた。

「ああ、いい……」

明男は肌の温もりと弾力、心地よいパイズリに喘いだ。

やがて美佐子は胸を離して顔を寄せると、肉棒の裏側をゆっくりと舐め上げ、幹に指を添えて粘液の滲む尿道口を滑らかに舐め回してくれた。

「ああ、深く入れて……」

快感に喘ぎながら言うと、美佐子も丸く開いた口でスッポリと喉の奥まで呑み込んできた。

そのまま幹を締め付けて吸い、熱い鼻息で恥毛をそよがせ、口の中ではクチュクチュと舌がからみついた。たちまち彼自身は生温かな唾液にどっぷりと浸り、すっかり高まってきた。

「跨いで入れて……」

息を弾ませて言うと、美佐子もスポンと口を離し、身を起こして前進した。

彼の股間に跨がると、先端に濡れた割れ目をあてがい、ゆっくり腰を沈めてヌルヌルッと膣口に受け入れていった。

「アア……、奥まで響くわ……」

美佐子が根元まで嵌め込み、股間を密着させて喘いだ。

明男も股間に尻の感触と重みを感じながら、肉襞の摩擦と温もり、潤いと締め付けを味わった。

お互いに、やはりアナルセックスより正規の場所が良いと実感していた。

明男が両手を伸ばして彼女を抱き寄せ、膝を立てて豊満な尻を支えると、彼の胸に巨乳が密着し心地よく弾んだ。

すると美佐子が顔を寄せ、自分からピッタリと唇を重ねてきた。

感触と唾液の湿り気を味わい、彼は舌を挿し入れて滑らかな歯並びを舐め回した。美佐子もすぐにネットリと舌をからめ、熱い鼻息で彼の鼻腔を悩ましく湿らせた。

舌の感触と唾液のヌメリを味わいながら、徐々にズンズンと股間を突き上げはじめると、

「アアッ……！」

美佐子が口を離し、唾液の糸を引いて喘いだ。

開いた口から吐き出される息は、今日も湿り気ある濃厚な白粉臭で、彼はうっとりと嗅ぎながら美熟女の刺激で胸を満たした。

「唾を垂らして」

下から言うと、美佐子も懸命に分泌させると口を寄せ、トロトロと白っぽく小泡の多い唾液を吐き出してくれた。舌に受けて味わい、飲み込むと甘美な悦びが胸に沁み

込んできた。

「顔にペッて吐きかけて、強く」

「そ、そんなこと罰が当たるわ」

「どうしてもしてほしい」

再三せがむと、ようやく美佐子も意を決して唾液を溜め、息を吸い込んで止めながら迫った。そしてペッと軽く吐きかけてくれたが、

「もっと強く、何度も……」

「アア……！」

股間を激しく突き上げながら言うと、美佐子もすっかり絶頂を迫らせて喘ぎながら、とうとう快感に任せて何度も強く吐きかけてくれた。

「ああ、気持ちいい……」

明男は顔じゅう生温かな粘液でヌルヌルにされながら、美熟女の吐息と唾液の匂いに高まって喘いだ。

「しゃぶって」

さらに彼女の口に鼻を押し込んで言うと、美佐子も突き上げに合わせて激しく腰を遣いながら舌を這わせ、鼻の頭を唾液にヌメらせてくれた。

「い、いく……、アアッ……！」

たちまち明男は昇り詰め、激しい快感を味わいながら、ありったけの熱いザーメンをドクンドクンと勢いよくほとばしらせてしまった。

「い、いいわ……、アアーッ……！」

噴出を受け止めると美佐子も声を上げ、ガクガクと狂おしいオルガスムスの痙攣を開始した。

膣内の収縮と潤いが最高潮になり、彼は激しい快感を味わいながら、心置きなく最後の一滴まで出し尽くしていった。

満足しながら動きを止めると、

「ああ……」

美佐子もすっかり満足したように喘ぎ、熟れ肌の力を抜いてグッタリともたれかかってきた。

まだ膣内は若いペニスを味わい足りないように、キュッキュッと収縮が繰り返され、刺激された幹が中でヒクヒクと過敏に跳ね上がった。

「あう、もうダメ……」

美佐子も敏感になっているように呻いた。

彼は重みと温もりを受け止め、かぐわしい白粉臭の吐息を胸いっぱいに嗅ぎながら、うっとりと余韻を味わったのだった。

やがて呼吸を整えると、美佐子がそろそろと股間を引き離し、枕元のティッシュで割れ目を拭った。そして屈み込み、愛液とザーメンに濡れて湯気を立てている亀頭にしゃぶり付いた。

「あう……」

明男は唐突な刺激に呻き、彼女も丁寧に舌で綺麗にしてくれた。

「じゃ、シャワーを」

「ええ、どうぞ」

「一緒に浴びましょう。顔じゅう唾でヌルヌルよ」

激情が過ぎると、美佐子は本来の年上に戻ったように言った。

彼も素直にベッドを降り、一緒にシャワーを浴びて身体を拭いた。

部屋に戻ると、互いに手早く身繕いをし、美佐子は鏡を見て髪を直した。

「やっぱり何か贈り物をしたいのだけど、何か欲しいものは？」

「いえ、欲しいものは何でも自分で買えますので、また来てくれればそれでいいです」

「そう……」

彼が言うと美佐子も頷き、やがて辞儀をして帰っていった。

明男は一人で冷凍物の夕食をすませ、あとは寝るまで投稿小説の執筆にかかったのだった。

小説の筆は進み、合間にテレビのニュースを観ては、どんどん悪人を地獄へ叩き込んでいった。

そういえばここのところルナが顔を出していないが、彼女は彼女で自分の世界で忙しいのかも知れない。

(不定形生物なら、今度は色んなアイドルに変身してもらって抱きたいな)

明男は思ったが、もちろん毎日多くの美女がいるのでオナニーはせず、その夜も執筆を終えて寝たのだった。

第六章　アイドルに変身

1

「あ、良かった、先生がいて」

翌日の放課後、明男が旧館の外れにある文芸部室に行ってみると、華保が一人だけ生徒の原稿に目を通しているところだった。

文芸部の活動はあまり活発ではなく、真奈をはじめ部員たちは滅多に来ないのだろう。

「藤井君……」

メガネ美女の華保が、緊張の面持ちで言った。

さっき帰りのホームルームで会ったばかりだが、二人きりとなると格別の興奮が湧いた。

もちろん華保も、すっかり彼との行為が病みつきになっているだろうに、やはり校内では身構えてしまうようだった。

「どうしてここへ？」

「先生を探していたものだったから」

「何か用だったの？」

「ええ、どうにも我慢できなくなってしまったので」

明男は答え、学生服の裾をめくりピンピンにテントを張っている股間を突き出した。

「まあ……、それなら、今からうちへ来て……」

「今日は帰ったらいろいろすることがあるし、校内でしたいです」

彼は、先日の図書室でした行為の興奮が忘れられなかったのだ。

「だって、校内でなんか……」

「大丈夫、誰も来ないように念じてありますので」

明男が言っても、華保は意味不明で戸惑うばかりだった。

「こうして」

彼は言い、華保を机の上に乗せさせ、スカートをめくってパンストとショーツを引き脱がせていった。

机はディスカッション用の大きなものなので、横たわることも出来る。

「アアッ……」

華保は嫌々をして喘いだが、元より彼の念で逆らえない。

たちまち下半身を丸出しにすると、明男は彼女を机に仰向けにさせた。

彼も学生服と、下着ごとズボンを脱ぎ去り、激しく勃起しながら椅子に掛け、華保の足首を摑んで引き寄せた。

綺麗な足裏を舐め、縮こまった指に鼻を押し付けて嗅ぐと、やはり今日も汗と脂の湿り気があり、蒸れた匂いが濃く沁み付いていた。

うっとりと鼻腔を満たしてから爪先にしゃぶり付き、両足とも指の股の味と匂いを貪り尽くしてしまった。

やはり早く挿入して射精したい気持ちはあるが、その前に隅々まで舐めたり嗅いだりするのは常識である。

そして股を開かせ、華保の脚の内側を舐め上げながら股間に迫っていった。

「く……！」

彼女はまた両手で口を押さえ、懸命に喘ぎ声を抑えている。

白くムッチリした内腿を舌でたどり、指で割れ目を広げて見ると、さすがにまだそれほど濡れてはいない。

茂みに鼻を埋め込んで嗅ぐと、蒸れた汗とオシッコの匂いが混じり合って籠もり、悩ましく鼻腔を掻き回してきた。

舌を挿し入れ、膣口の襞をクチュクチュ掻き回し、味わいながらクリトリスまで舐め上げていくと、

「アアッ……!」

華保がビクッと顔を仰け反らせ、熱く喘いだ。チロチロとクリトリスを舌先で弾いていると、たちまち熱い愛液が湧き出してきた。

淡い酸味のヌメリをすすり、明男は充分に割れ目の味と匂いを堪能してから、彼女の脚を浮かせて尻の谷間に迫った。

薄桃色をしたレモンの先のように艶めかしい形をした蕾に鼻を埋め、蒸れた匂いを貪ってから舌を這わせ、充分に襞を濡らしてヌルッと潜り込ませた。

「あう……」

華保が呻き、キュッと肛門で舌先が締め付けられた。

明男は舌を蠢かせ、滑らかな粘膜を探りながら、いずれ美佐子のようにこの処女の部分にも挿入したいと思った。

「も、もうダメ……」

前も後ろも舐められた華保が言い、いつしか大量の愛液を漏らしていた。

「じゃ跨いで入れて下さい」

明男は顔を離して言い、彼女の手を握って引き起こした。

そして椅子を左右にも並べ、そろそろと彼女の足を椅子に置き、支えながらしゃがみ込ませていった。

華保も、早く入れたいのか、あるいは早く済ませたいのか、すぐに跨がり、正面から腰を沈み込ませてきた。

スカートの裾があるので手探りで幹を支え、先端を濡れた割れ目に押し当てると、たちまち彼自身はヌルヌルッと滑らかな摩擦と共に根元まで呑み込まれていった。

「アアッ……!」

華保が脚をM字にさせ、ピッタリと股間を密着させた。

明男も温もりと快感を味わい、彼女のブラウスのボタンを開かせ、ブラをずらして巨乳をはみ出させた。

やはり、いかに慌ただしくても華保の巨乳は味わわないと勿体ない。

乳首に吸い付き、顔を膨らみに押し付けながら舌で転がし、たまに軽く前歯でコリコリと刺激すると、

「あう、いい気持ち……」

とうとう華保も正直に反応しはじめ、感じるたび膣内をキュッキュッと締め付けてきた。

明男は左右の乳首を味わい、乱れたブラウスに潜り込んで腋の下に籠もり、甘ったるい汗の匂いも存分に嗅いだ。

彼は正面からしがみつきながら、ズンズンと股間を突き上げはじめると、

「ああ……、お願い、今日はここまでにして……」

華保が懸命に快感を堪えながら言う。

「これ以上すると大きな声が出るし、歩いて帰れなくなるから……」

「そう、じゃお口に出してもいいですか？」

「ええ、そうして……」

彼女が懇願するので、明男も突き上げを止めてやった。

すると華保が懸命に力を入れ、そろそろと股間を引き離してきた。

フラつく華保を支えながら明男は椅子から立ち上がり、入れ替わりに彼女を床に降ろした。

「お願い、先に服を整えさせて」

華保が言い、ブラを着け直し、ブラウスのボタンを嵌めた。

やはり校内だから、早く着衣に戻りたいのだろう。

さらにショーツとパンストも穿いて完全に身繕いをすると、あらためて彼女は椅子に座った。

「じゃいきそうになるまで指でして下さいね」

明男は机の端に座り、華保の左右の椅子に足を乗せると、彼女も愛液に濡れたペニスを両手で挟み、錐揉みするように動かしはじめてくれた。

彼は前屈みになり、美人教師の指の愛撫に身を委ねながら、ピッタリと唇を重ねていった。

舌を挿し入れると、華保もメガネの奥の目を閉じ、ペニスを揉みながらネットリと舌をからめてくれた。

明男は華保の滑らかな舌の蠢きと、生温かな唾液のヌメリを味わい、息で鼻腔を湿らせながら高まっていった。

「お口を開いて、大きく」

やがて唇を離して言うと、華保も指を蠢かせながら形良い口を開いてくれた。そこに鼻を押し込み、熱く湿り気ある花粉臭の吐息を胸いっぱいに嗅ぐと、急激に絶頂が迫ってきた。

華保も熱い息を弾ませ、好きなだけ嗅がせてくれながら彼の鼻の穴に舌を這わせ、鼻全体を唾液でヌルヌルにしてくれた。

「ああ、いきそう……」

明男が言うと、彼女は顔を離し、すぐにも屈み込んで張りつめた亀頭にしゃぶり付いてきた。

彼も後ろに両手を突いて股間を突き出し、美人教師の口腔の温もりとヌメリを味わった。

華保はスッポリと喉の奥まで呑み込み、熱い息を股間に籠もらせながら舌をからめてくれた。

さらに顔を前後させ、濡れた口でスポスポとリズミカルな摩擦を開始した。

明男は快感に高まり、一心不乱におしゃぶりしてくれるメガネ美女を見下ろしながら、たちまち昇り詰めてしまった。

「い、いく、アアッ……！」

突き上がる大きな絶頂の快感に口走ると同時に、ありったけの熱いザーメンがドクンドクンと勢いよくほとばしった。

「ンン……」

喉の奥を直撃された華保が小さく呻き、なおも吸引と摩擦、舌の蠢きを続行してくれた。

「ああ、気持ちいい……」

明男は喘ぎ、美人教師の口を汚す快感を嚙み締め、心置きなく最後の一滴まで出し尽くしてしまった。

すっかり満足すると彼は全身の硬直を解き、グッタリと力を抜いた。

華保も動きを止め、亀頭を含んだまま口に溜まったザーメンをゴクリと一息に飲み干してくれた。

「あう、締まる……」

嚥下とともに口腔がキュッと締まり、彼は駄目押しの快感に呻いた。

ようやく華保がスポンと口を離し、なおも両手のひらで幹を刺激しては、尿道口から滲む余りの雫を丁寧に舐め取ってくれた。そのたび、射精直後で過敏になっている幹がヒクヒクと震えた。

「あうう、も、もういいです、ありがとうございました……」

明男は律儀に礼を言い、机から降りて華保の隣に座った。

「早くズボンを穿いて」

「ええ、少しだけこうしていて……」

言われたが、明男は彼女の胸に抱いてもらいながら答え、吐息の匂いと温もりに包まれながら呼吸を整え、うっとりと余韻を味わったのだった。

2

「今日これからうちへ来ない？」

翌日の放課後、明男は下校しようと下駄箱で靴を履き、そこへ来た真奈に声を掛けた。

あれから平穏な日々が続いている。

数日間の停学を終えた北中と富山も、反省文を提出して復学していたが、もう明男に話しかけるようなことはなかった。

明男の家では、親子電話を解約して取り外し工事も終わり、あとは投稿小説を書き、世の悪人どもを順々に地獄に送るだけである。

「ええ、いいわ」

真奈も先日の３Ｐから、すっかり快感が病みつきになっているように答えた。

そして淳子を交えるより、やはり自分だけで明男を独占したいという気持ちもあるのだろう。

「じゃ、瞬間移動しようか」

明男も靴を履き替えて言い、周囲に誰もいないのを見計らってから真奈の手を握った。真奈も、最初に明男が彼女の部屋に忍び込んだので、何となく彼の能力を理解しているのだが、もちろん半信半疑の部分もあるので、それを人に言うことはないだろう。

念を込めると、一瞬にして二人は明男の部屋の玄関の中に移動していた。

「すごいわ、本当に来ちゃった。便利だわ……」

「帰りもこれで家まで送るからね」

息を呑んで言う真奈に答え、二人は靴を脱いで明男の部屋に入った。

「一瞬で海外にも行けるの？」

「行けると思うけど、まだ試していないな。どこへ行きたいの？」

「地中海とか、オーロラが見えるところとか」

「そう、いずれ連れてってあげるよ」

「本当……？」

言うと真奈は目を輝かせ、生ぬるく甘ったるい匂いを揺らめかせた。

そういえば今日は体育があり、明男も男子たちとサッカーをしていたのだ。

もちろん目立たないよう力はセーブしていたが、それでも間近に迫る柔道と剣道の試合に出ることも噂になっているので、何かと明男は皆から注目されてしまったものだった。

真奈たち女子も体育館でバレーボールをしていたから、真奈の全身はまだ汗ばんでいることだろう。

やがて明男は学生服を脱ぎ、手早く全裸になってベッドに仰向けになった。

もちろん彼自身は、期待と興奮でピンピンに突き立っている。

淳子を入れた3Pのお祭り騒ぎも良いが、やはり真奈一人をじっくり味わうのも格別である。

「あ、ソックスだけ脱いで。真奈ちゃんの制服姿が好きだから」

明男が言うと、真奈は両の白いソックスだけ脱ぐと、素足でベッドに上がってきた。

「じゃ、顔に足の裏を乗せてね」

幹をヒクつかせて言うと、真奈も羞じらいながら彼の顔の横に立った。

やはり淳子がいると、彼女の勢いに巻き込まれてしまうが、一対一だと羞恥が増すようである。

「アア……、何だか、すごくいけないことをしてるみたい……」

真奈は言いながら、そろそろと片方の足を浮かせ、壁に手を付いて身体を支えながら、足裏を彼の鼻と口に押し当ててきた。

確かにいけないことなのだろうが、明男は美少女の足裏を顔で感じ、ゾクゾクと興奮を高めていった。

足裏を舐めると、くすぐったそうに真奈の足が小刻みに震えた。

指の間に鼻を押し付けると、いつになくそこは汗と脂に生ぬるく湿り、ムレムレの匂いが濃く沁み付いていた。

「いい匂い」

「嘘……」

嗅ぎながら言うと、真奈も体育があったことを思い出したように身を強ばらせた。

明男は美少女の蒸れた足の匂いを充分に嗅いでから、爪先にしゃぶり付いて全ての指の股に舌を割り込ませた。

「あう……」

真奈が呻き、思わずキュッと彼の顔を踏みつけてきた。

やがて足を交代させると、明男はそちらも新鮮な味と匂いを貪り尽くし、彼女の足首を摑んで顔の左右に置いた。

「下着を下ろしてしゃがんで」

下から言うと、真奈も濃紺のスカートをめくり、ショーツを膝まで下ろすと和式トイレスタイルでゆっくりしゃがみ込んできた。

脚がM字になると白い内腿がムッチリと張りつめ、ぷっくりと丸みを帯びた割れ目が鼻先に迫ってきた。

しかも彼女がベッドの柵に両手で摑まったので、まるでオマルに跨がったようだった。

彼は腰を抱え、すっかり快楽を知った美少女の割れ目に目を凝らした。

指で花びらを広げると、早くも期待に蜜が溢れはじめていた。

柔かな若草に鼻を擦りつけ、隅々に籠もった熱気と湿り気を嗅ぐと、すっかり馴染んだ汗とオシッコの蒸れた匂い、それに混じるチーズ臭が悩ましく鼻腔を刺激してきた。

「ここもすごくいい匂い」

「あう、言わないで……」

嗅ぎながら言うと、真奈が羞恥に腰をくねらせて答えた。

明男は胸を満たしながら舌を這わせ、清らかな蜜を味わい、息づく膣口の襞から小粒のクリトリスまでゆっくり舐め上げていった。

「アアッ……、いい気持ち……」

真奈が喘ぎ、しゃがみ込んでいられずに両膝を突いた。

彼は味と匂いを堪能してから、尻の真下に潜り込み、顔に弾力ある双丘を受け止めながら、谷間の蕾に鼻を埋めた。

蒸れた汗の匂いを嗅いでから舌を這わせ、ヌルッと潜り込ませて滑らかな粘膜を探ると、

「く……、変な気持ち……」

真奈が呻き、モグモグと味わうように肛門で舌先を締め付けた。

やがて充分に舌を蠢かせてから、彼は舌を離し、再び割れ目に戻って新たな蜜を舐

め取った。

「ね、オシッコしてみて」

「え……、こんなところで？　ベッドが濡れるわ……」

「大丈夫、全部飲めるから」

言うと彼女は、また羞恥にビクリと身じろいだ。

考えてみれば、放尿の勢いも量も、彼の絶大なパワーで操作できるのだから、何も常にバスルームでしなくても良いのである。

なおも舌を挿し入れて割れ目内部を掻き回していると、すぐに真奈も息を詰めて尿意を高め、柔肉を妖しく蠢かせた。

「あう、出るわ。本当にいいのね……」

真奈がか細く言うなり、チョロチョロと弱い流れが彼の口に注がれてきた。

明男は懸命に受け止め、淡い味と匂いを貪り、夢中で喉に流し込んでいった。

仰向けなので噎せないよう気をつけたが、これも彼の念で、ほど良い勢いとなっている。

やがて勢いがピークを過ぎると急に流れが衰え、間もなく治まってしまった。

明男も、一滴余さず美少女の出したものを、全て受け入れることが出来たのだった。

「アア……」

真奈が吐息を洩らし、プルンと下腹と内腿を震わせた。

彼は残り香の中で、余りの雫をすすって舌を這わせたが、すぐにも新たな蜜が溢れてきた。

「アア……、もうダメ……」

絶頂を迫らせた真奈が言い、ようやく彼も舌を離してやった。

3

「じゃ全部脱いでね」

セーラー服姿の放尿まで味わった明男が言うと、真奈も素直に制服を脱ぎはじめていった。

やがて全裸になると、彼女は自分から彼の股間に顔を寄せてきた。

彼も大股開きになり、両脚を抱え上げて尻を突き出した。

真奈は厭わず彼の肛門にチロチロと舌を這わせ、熱い息を籠もらせながらヌルッと潜り込ませてくれた。

「あう、気持ちいい……」

明男は呻き、美少女の舌を肛門でキュッと締め付けた。

中で舌が蠢くと、勃起したペニスが上下に震え、やがて脚を下ろすと彼女も舌を引き抜き、鼻先の陰嚢にしゃぶり付いてくれた。

「藤井君、いつも何も匂わないわ……」

股間から、真奈が不思議そうに言いながら二つの睾丸を舌で転がした。

そして充分に舐めると前進し、ペニスの裏側をゆっくり舐め上げ、滑らかな舌が先端まで来ると、粘液の滲む尿道口をチロチロと探ってくれた。

「そこ、気持ちいい」

彼が言うと、真奈も尿道口の少し裏側を重点的に舐め、さらに張りつめた亀頭を咥え、モグモグとたぐるように喉の奥まで呑み込んでいった。

快感の中心部が、温かく濡れた美少女の口腔にスッポリと含まれ、彼は快感を味わいながら唾液にまみれた幹をヒクヒクと上下させた。

真奈も熱い息で恥毛をくすぐりながら、クチュクチュと念入りに舌をからめてくれたが、彼がズンズンと股間を突き上げると、

「ンン……」

喉の奥を突かれて小さく呻き、たっぷりと唾液を出しながら自分も顔を上下させ、スポスポとリズミカルな摩擦を繰り返してくれた。

股間を見れば、美少女が上気した頬に笑窪を浮かべ、無心におしゃぶりをしているのだ。

明男は摩擦快感と、その眺めにすっかり高まった。

「いいよ、跨いで入れて」

言うと真奈もチュパッと口を離して顔を上げ、身を起こして前進してきた。

仰向けの彼の股間に跨がると、真奈は先端に濡れた割れ目を擦り付け、位置を定めてからゆっくり腰を沈み込ませた。

張りつめた亀頭が膣口に潜り込むと、あとは潤いと重みでヌルヌルッと滑らかに根元まで呑み込んでいった。

「アアッ……、いい気持ち……」

真奈がビクッと顔を仰け反らせて熱く喘ぎ、ぺたりと座り込んで股間を密着させた。

明男も熱いほどの温もりときつい締め付け、大量の潤いと摩擦を嚙み締めて快感に酔いしれた。両手を回して真奈を抱き寄せ、彼女が身を重ねると両膝を立てて尻を支えた。

まだ動かず、彼は潜り込むようにしてチュッと乳首に吸い付き、張りのある膨らみを顔で感じながら舌で転がした。

「あん……」

真奈が喘ぎ、感じるたびキュッと締め付けが増した。

明男は左右の乳首を充分に舐め回し、もちろん腋の下にも鼻を擦りつけ、体育を終えてジットリ汗ばんだ匂いを貪った。美少女の甘ったるい体臭に噎せ返り、スベスベの腋に舌を這わせると、

「あう、ダメ……」

真奈が身をよじって呻き、さらに締め付けと潤いを増した。

やがて明男は彼女の首筋を舐め上げ、顔を引き寄せてピッタリと唇を重ねた。

グミ感覚の弾力と唾液の湿り気を味わい、舌を挿し入れて滑らかな歯並びを左右にたどると、真奈も歯を開いてネットリと舌をからめてきた。

明男は温かな唾液に濡れて蠢く舌を味わい、いちいち言わなくても念じるだけで、真奈もことさらに多めの唾液をトロトロと口移しに注ぎ込んでくれた。

小泡の多い粘液をうっとりと味わいながら、ズンズンと股間を突き上げはじめると、

「アアッ……!」

真奈が口を離し、熱く喘ぎながら自分も合わせて腰を動かしてくれた。

明男は美少女の吐き出す熱く湿り気ある息を嗅ぎ、甘酸っぱい濃厚な果実臭に高まった。

「ああ、いい匂い。この匂いがいちばん好き」

喘ぐ口に鼻を押し付けて嗅ぐと、真奈が羞じらいに息を震わせた。

「お昼のあと歯磨きしていないの。どんな匂い……？」

「イチゴを食べたあとみたいに甘酸っぱい」

「本当に嫌じゃないのね……」

真奈も、彼が嗅ぐたびに膣内の幹を震わせるので、本当に悦んでいることが分かったようだ。

「下の歯を、僕の鼻の下に当てて」

言うと真奈も大きく口を開き、下の歯並びを彼の鼻の下に引っかけてくれた。

口の中は、さらに温かく濃厚な果実臭が充ち満ち、それに唇で乾いた唾液の香りと、下の歯の内側の淡いプラーク臭も悩ましい刺激となって鼻腔を掻き回してきた。

明男は胸いっぱいに美少女の吐息を嗅ぎながら、徐々に股間の突き上げを強めていった。

このまま美少女の口に呑み込まれ、胃の中で溶けて栄養にされるような妄想が湧き、たちまち彼は激しく昇り詰めてしまった。

「い、いく、気持ちいい……！」

明男は絶頂の快感に声を弾ませ、熱い大量のザーメンをドクンドクンと勢いよくほとばしらせた。

「あ、熱いわ、いく……、アアーッ……！」

噴出を感じると、真奈も声を上ずらせ、ガクガクと狂おしいオルガスムスの痙攣を開始したのだった。収縮が最高潮になり、彼は溶けてしまいそうな快感の中で、心置きなく最後の一滴まで出し尽くしていった。

なおも動き続け、ようやく真奈がグッタリとなると彼も動きを止めて美少女の重みと温もりを受け止めた。

まだ息づく膣内に刺激され、ヒクヒクと中で過敏に幹を跳ね上げると、

「あう、もうダメ……」

真奈も絶頂の直後で敏感になっているように呻き、幹の震えを押さえるようにキュッときつく締め上げてきた。

明男は美少女の吐息を間近に嗅ぎ、うっとりと胸を満たしながら心ゆくまで快感の

余韻を味わった。

「気持ち良かった？」

「ええ、すごく……」

囁くと、真奈がとろんとした眼差しを向けて吐息混じりに答えた。

やがて重なったまま呼吸を整えると、ようやく起き上がって一緒にシャワーを浴びた。

もう外も暗くなっているので、二回戦目は諦めて二人で身繕いをした。

そして玄関で靴を履くと明男はカバンを持った真奈の手を握り、一瞬で彼女の家の前まで移動してやった。

「すごいわ……」

真奈が息を呑み、まだ両親は帰宅していないらしく自分で鍵を開けた。

「じゃまた明日、学校でね」

「ええ」

明男は言い、頷いた真奈が中に入るのを見届けてから、また彼は一瞬で自分のマンションの玄関に戻ってきたのだった。

そして冷凍ピラフと唐揚げに野菜スープで夕食を済ませると、ゆっくり歯磨きしながら入浴した。

本当はいつでも湯上がりの状態になれるのだが、やはりたまには湯に浸かりたいのである。

パジャマに着替え、執筆しようかテレビのニュースで悪人どもを地獄へ堕とそうか考えた。

睡眠も、横になって念じればきっちり熟睡できるので少々の夜更かしをしても関係ない。

と、そこへ久々にルナが姿を現したのだった。

4

「忙しかったわ。世界中を飛び回っていたの」

「そう、どこへ？」

明男の部屋でベッドに座ったルナが言うと、彼も隣に座って訊いた。

今日もルナは長い髪を左右白黒に分け、同じ色のドレスに身を包んでいる。

「各国で一人ずつ、君みたいに平凡だけど善良で正義感の強い男子を選んで力を与えたのよ」

「へえ……」

自分のような選ばれた男が他にもいると知り、明男は少々嫉妬した。

恐らくルナが彼らと交わり、神秘の体液を与えたのだろう。

まあ、考えてみれば世界中のことを思えば、明男一人では手が回りきれないのも事実である。

「これで、いずれ世界中から犯罪者や戦争、病気や災害がなくなっていくでしょうね。残るのは善人ばかり」

「理想的だね。でも為政者や警官はずいぶん楽になるだろうね。病気もなくなれば、医者も暇になるかな。残るのは外科と美容整形だけとか」

明男は答えた。

まあ実際は、急に一変して失業者が増えるようなことはなく、順々に物事が解決していくことだろう。

そんな平和な地球になって、観察しているルナたちはつまらないのではないかと思ったが、今までに色々あったのだから良いのだろう。

いずれ、選ばれた者たちが一堂に会し、今後の地球のことを話し合う日が来るかも知れない。

世界中の悪人が堕ちる地獄は日本的だし、明男は選ばれた第一号だから、連中をまとめる役にさせられるのではないか。

しかし、そんな先のことよりも明男は、久々に会ったルナに胸を弾ませ、激しく欲情した。

「ね、今日はしてもいい？」

「ええ、一段落したから、いいかな」

訊くとルナが頷き、彼は急激に勃起してきた。

何と言ってもルナは、人ではないとはいえ彼にとって最初の女性なのである。

手早く全裸になると、ルナも一糸まとわぬ姿になり、見事なプロポーションを露わにした。

ベッドに添い寝すると、明男は甘えるように腕枕してもらいながら、

「ね、不定形生物なら、どんな姿にでもなれるでしょう。例えばアイドルの岸井亜利沙とか」

明男は、二十歳のアイドルで歌手や女優として売れている名を言った。

「なれるわ。なってほしい？」

「うん、いま現在の匂いで」

明男は言った。いま現在の亜利沙は、まだまだ忙しく働いている時間で、やっと夕食を終えたぐらいだろう。移動中に眠り、歯磨きやシャワーなどの暇もないに違いない。

そしてルナも、本来の彼女の顔形は借り物だから、別の女性になってくれと言われても気を悪くしたりしないだろう。それにルナは、そもそもセックスにも興味がなく、ただ人の形を取る以上、その機能を借りて感じることが出来るだけなのだ。

「こう？」

ルナは言い、一瞬で亜利沙の姿形を検索し、いま現在の体臭を沁み付かせて変身してくれた。

「うわ、本物の亜利沙だ……」

目の前に、全裸の亜利沙が横たわり、ファンの誰もまだ見たことのないピンクの乳首が彼の鼻先にあった。

しかも濃厚に甘ったるい汗の匂いが漂っているではないか。

やはり忙しく、汗ばんでいる最中だったのだろう。

もちろんルナは、亜利沙の今の状態を再現しただけで、彼女本人がここに出現したわけではない。

それでも明男は、実際に会ったことのない女性で、最も多くグラビアや妄想オナニーでお世話になった亜利沙を見て興奮した。

そして明男が念じると、亜利沙の姿をしたルナが、彼の心を読み取り、

「明男、私を気持ち良くさせて」

と亜利沙の声で言ってくれたのだ。

「うわーっ、感激」

全知全能に近い明男が、一人のアイドルに夢中になり、むしゃぶりつくようにチュッと乳首に吸い付いていった。

「あう……、いい気持ち……」

亜利沙がビクリと反応して言う。これも、実際の亜利沙がされた反応が再現されているのだ。

彼は左右の乳首を交互に含んで舐め回し、もちろん腋の下にも鼻を埋め込み、ジットリ汗ばんで濃厚に甘ったるい匂いを貪った。

(ああ、これが亜利沙の体臭……)

彼は思い、体育を終えた真奈より濃い匂いに噎せ返った。

まるで、何日も山小屋に閉じ込められていたかと思えるほどの濃度であり、忙しいアイドルというものが、実際はこのような匂いをさせていることに明男は新鮮な興奮を得た。

うっとりと胸を満たしてからスベスベの肌を舐め降り、彼は脚から足裏まで一気に移動していった。

足裏を舐め回し、形良く揃った足指の間に鼻を押し付けて嗅ぐと、ここも可憐な顔からは想像もつかないほど、濃厚に蒸れた匂いを籠もらせていた。

彼はムレムレの匂いを嗅いで鼻腔を刺激され、爪先にしゃぶり付いて順々に指の股に舌を割り込ませ、汗と脂の湿り気を味わった。

「あう、汚いのに……」

亜利沙が言う。これも実際、彼女にしたら返ってくる反応だろう。

明男は両足とも味と匂いを貪り尽くすと、気が急くように股を開かせ、脚の内側を舐め上げていった。

内腿はスベスベで、ムッチリと張りがあった。

もちろん歯形が付くほど噛んでもルナは嫌がらないだろうが、あまりハードな愛撫が癖になってもいけない。彼は本物の亜利沙を扱うように舌を這わせ、熱気と湿り気の籠もる股間に迫った。

股間の丘には、ほんのひとつまみほどの恥毛がふんわりと煙っていた。

やはり水着になることも多いので、手入れしているのだろう。

割れ目からはみ出す陰唇は縦長のハート型で、指で左右に広げると、濡れて息づく膣口と、包皮の下からツンと突き立つクリトリスが丸見えになった。

（ああ、亜利沙の割れ目はこうなっていたのか……）

明男は、ファンの誰もが夢に見た割れ目を前にして目を凝らした。

そして舐める前に両脚を浮かせ、尻の谷間を観察すると、薄桃色の蕾がひっそり閉じられていた。

「あう、そこはやめて。いま仕事で地方に来ているので、シャワー付きトイレじゃなかったのよ……」

亜利沙が蕾を収縮させて言う。

もちろん嫌ではなく、彼はむしろ嬉々として蕾に鼻を埋め込み、顔で弾力ある双丘を感じながら嗅いだ。

すると蒸れた汗の匂いに混じり、秘めやかで生々しいビネガー臭が鼻腔を刺激してきたのだ。

「わあ、嬉しい……」

明男は感激と興奮に声を洩らし、貪るように嗅いだ。

令和のアイドルなのに、匂いはまるで昭和美女のようだ。

他の誰からも感じられなかった匂いを味わい、彼は舌を這わせて襞を濡らし、ヌルッと潜り込ませた。

「く……、変な気持ち……」

亜利沙が呻き、肛門でキュッと舌先を締め付けた。処女ではないだろうが、肛門を舐められたことはないらしく、これほどの美形の肛門を舐めないとは、彼女が今まで出会った男はみんな馬鹿だったのだろう。

滑らかな粘膜はうっすらと甘苦く、彼が舌を出し入れさせるように動かすと、

「アア、恥ずかしいけど、いい気持ち……」

亜利沙が喘ぎ、彼の鼻先にある割れ目の潤いが格段に増してきた。

ようやく脚を下ろし、そのまま割れ目に顔を埋め込み、柔らかな恥毛に鼻を擦りつけて嗅いだ。

隅々に籠もる熱気と湿り気は、やはり濃厚に甘ったるい汗と、蒸れたオシッコの混じった匂いだった。

これも他の女性の誰よりも濃い匂いで、ファンの誰も想像がつかないだろう。

明男は鼻腔を刺激され、うっとり胸を満たしながら舌を這わせて入った。

淡い酸味のヌメリが満ちる膣口の襞をクチュクチュ掻き回し、味わいながらゆっくりクリトリスまで舐め上げていくと、

「アアッ……、いいわ……！」

亜利沙がビクッと仰け反って熱く喘ぎ、内腿でムッチリと彼の顔を挟み付けてきた。

明男はクリトリスに吸い付きながら、左右の指を肛門と膣口に潜り込ませ、三点責めをしながら内壁を擦った。

「あう、ダメ、感じすぎるわ……」

亜利沙がヒクヒクと白い下腹を波打たせて呻き、前後の穴できつく指を締め付けながら、さらに大量の愛液を漏らした。

そして明男が味と匂いを堪能しながら愛撫を続けていると、

「ダメ、オシッコ漏れちゃいそう……」

亜利沙が言うので、彼もヌルッと前後の穴から指を引き抜き、股間から身を離した。

「じゃバスルームへ行こうね」

彼は言い、フラつく亜利沙を支えてベッドを降り、一緒にバスルームへと移動して

いった。

別に、飲めるだけの勢いと量を念じれば良いのだが、やはり亜利沙のオシッコは身体にも浴びてみたかったのだった。

5

「じゃ、出るとき言ってね」

明男はバスルームの床に座って言い、目の前に立たせた亜利沙の片方の足を浮かせ、バスタブのふちに乗せさせた。

そして開いた股間に顔を埋め、嗅ぎながら舌を挿し入れると、すぐにも柔肉が迫り出し、味わいと温もりが変化してきた。

「あう、出るわ……、いいのかしら……、アア……」

亜利沙が朦朧として言うなり、チョロチョロと熱い流れが最初から勢いよくほとばしってきた。口に受けて味わうと、他の誰よりも味と匂いが濃かったが、彼はうっとりと喉を潤した。

「ああ……」

ゆるゆると放尿しながら亜利沙は喘ぎ、ガクガクと膝を震わせた。

意外に長かった流れも勢いが衰えると、やがて治まってしまった。

明男は残り香の中で余りの雫をすすり、割れ目を舐め回した。

「く……、もうダメ、早く入れたいわ……」

亜利沙が腰をよじって言うと、自分から足を下ろしてしまった。

明男も立ち上がるとシャワーも浴びず、そのまま一緒にバスルームを出ると、ベッドに戻っていった。

今度は明男が仰向けになり、亜利沙が股間に腹這いになった。

すると彼女は自分から明男の両脚を浮かせ、肛門を舐め回し、ヌルッと潜り込ませてくれたのだ。

「あう……！」

彼は妖しい快感に呻き、モグモグと美人アイドルの舌を肛門で締め付けた。

しかし彼女の舌はルナの意向を含んだのか、細く長く潜り込んで蠢いたのだ。

何やら明男は美女の舌に犯され、尿意を覚えた。

「ふ、深すぎる。もういい……」

彼が降参するように言うと、亜利沙も舌を引き抜き、彼の脚を下ろして陰嚢にしゃぶり付いた。

股間に熱い息を籠もらせ、念入りに睾丸を転がすと、彼女は自分から前進し、肉棒の裏側を舐め上げ、濡れた尿道口をしゃぶってから、スッポリと喉の奥まで呑み込んでいった。

「ああ、気持ちいい……」

明男は深々と含まれ、吸引と舌の蠢きに高まって喘いだ。

そこで、彼はルナならではの要求をした。

「か、顔を大きくして、僕を身体ごと口に入れて……」

言うなり、亜利沙の顔が見る見る部屋いっぱいになるほど巨大化し、舌ですくうようにペロリと彼の全身を口に含んだのだった。

今までのことは、明男が亜利沙の場所へ行ってすれば良いことだが、さすがにこれは不定形のルナでないとしてもらえない。

明男は、生温かく濡れた亜利沙の口腔に潜り込み、舌の上で身悶えた。

まるで全身がフェラチオされているようだ。

口が開くと薄暗い内部も見え、綺麗な歯並びを内側から見ることになり、清らかな唾液も好きなだけ飲み込むことが出来た。

そして口腔に籠もる熱気は、濃厚に甘酸っぱい果実臭とプラーク臭、オニオンやガーリックの成分も入り交じって悩ましく鼻腔が刺激された。

あの綺麗な歌声が、ケアする前はこんなにも濃い匂いのだと思い、明男は刺激臭だけで暴発しそうになってしまった。

亜利沙も、含んだ彼をアメ玉のように舌で転がし、全身を唾液まみれにした。

今後テレビやグラビアで亜利沙を見るたび、この濃厚すぎる口の匂いを思い出して興奮してしまうことだろう。

このまま呑み込まれて射精しても良いが、やはり通常の大きさで一つになりたかった。

「も、元に戻って……」

明男が言うと、亜利沙は唾液まみれの彼の全身をペッとベッドに吐き出すと、たちまち顔も元の大きさに戻った。

「入れるわ」

亜利沙が言い、仰向けの彼の股間に跨がってきた。

全身が唾液まみれで匂い、彼自身はピンピンに屹立していた。

彼女も先端に濡れた割れ目を押し当て、ゆっくり腰を沈めて膣口に受け入れていった。

ヌルヌルッと滑らかに呑み込まれ、亜利沙の股間が密着すると、

「アアッ……、いい気持ち……」

彼女が喘ぎ、すぐにも身を重ねてきた。

明男も両手を回してしがみつき、膝を立てて尻を支えながら、アイドルの膣内の温もりと感触を味わった。

彼はズンズンと股間を突き上げはじめ、下から亜利沙に唇を重ね、あらためてネットリと舌をからめた。

たったいま身体ごと入った美女の口の中は温かく濡れ、亜利沙の舌も執拗にチロチロと蠢いた。

そして彼が息で鼻腔を湿らせながら突き上げを強めていくと、

「アア……、いきそうよ……」

亜利沙が口を離して喘ぐと、収縮と潤いが増していった。

彼はアイドルの濃厚な吐息の匂いで鼻腔を刺激されながら、激しく高まっていったが、

「ね、ルナに戻って……」

思わず口走っていた。

「いいの？　亜利沙の中に出さなくても」

すぐ、亜利沙の姿が長い黒白の髪をしたルナに戻って言った。

「ええ、やはりルナは僕にとって最初の女性だし、すっかり亜利沙は堪能したから、いくときはルナの中に出したい……」

交わったままのルナに下からしがみつき、彼は突き上げを続けながら答えた。

「ああ、いい気持ちよ……」

ルナも腰を遣い、亜利沙の高まりを引き継ぎながら喘いだ。

もう彼女の吐息も、清らかに甘酸っぱい果実臭に戻っていた。

しかし収縮と潤いは亜利沙のままで、たちまち明男は摩擦快感の中で絶頂を迫らせていった。

彼はルナの開いた口に鼻を押し込んで、かぐわしい吐息で胸を満たしながら突き上げを強めていった。

すると彼女もフェラチオするようにヌラヌラと鼻をしゃぶってくれ、さらに明男の顔にも舌を這い回らせてくれた。

たちまち明男は生温かな唾液にまみれ、悩ましい果実臭の中で激しく昇り詰めてしまった。

「い、いく、気持ちいい……！」

彼は激しい快感に口走り、ありったけの熱いザーメンをドクンドクンと勢いよくルナの中にほとばしらせた。

「い、いいわ……、アアーッ……！」

ルナも噴出を受けた途端に声を上げ、ガクガクと狂おしく全身を痙攣させた。

激しいオルガスムスに膣内の収縮が活発になり、粗相したように大量に溢れる愛液が互いの股間をビショビショにさせた。

しかもルナの膣内では、ザーメンを吸い取るような締め付けが繰り返された。

そう、あとからティッシュで拭く必要もないほど、彼女の膣は全てのヌメリを吸収してくれるのである。

「あうう、すごい……」

明男は魂まで吸い取られるような快感に呻きながら、心置きなく最後の一滴まで出し尽くしていった。

「ああ……」

満足しながら声を洩らし、突き上げを止めてグッタリと身を投げ出すと、

「良かったわ。たまにはいいわね……」

ルナも硬直を解いてもたれかかり、熱い息で囁いた。

まだ膣内はキュッキュッと貪るような収縮が続き、過敏になった幹がヒクヒクと震えた。

彼は超美女の重みと温もりを味わい、かぐわしい吐息を間近に嗅ぎながら、うっとりと快感の余韻に浸り込んでいったのだった。

やがて呼吸を整えると、

「さあ、ゆっくりお風呂に入るといいわ」

ルナが言い、そろそろと身を起こしていった。ペニスのヌメリは全て吸収されているが、まだ明男の全身は亜利沙の唾液にまみれ、顔もルナの唾液に湿って悩ましい匂いがしている。

やがてベッドを降りたルナが、白と黒のドレスを身にまとい、

「じゃまた明日から、地球のために頑張ってね」

そう言い、フワリと宙に舞うなり姿を消してしまった。

ようやく明男も起き上がってバスルームに移動し、一瞬で湯の沸いたバスタブに浸かり込んだのだった。

（さあ、言われた通り、公私にわたって頑張らないと……）

明男は思い、また明日からの仕事と快楽に思いを馳せたのだった……。

＊本作品は書下しです。文中に登場する団体、個人、行為などは
すべてフィクションであり、実在のものとは一切関係ありません。

◉新人作品**大募集**◉

マドンナメイト編集部では、意欲あふれる新人作品を常時募集しております。採用された作品は、本人通知のうえ当文庫より出版されることになります。

【応募要項】未発表作品に限る。四〇〇字詰原稿用紙換算で三〇〇枚以上四〇〇枚以内。必ず梗概をお書き添えのうえ、名前・住所・電話番号を明記してお送り下さい。なお、採否にかかわらず原稿は返却いたしません。また、電話でのお問い合せはご遠慮下さい。

【送付先】〒一〇一-八四〇五　東京都千代田区神田三崎町二-一八-一一　マドンナ社編集部　新人作品募集係

僕《ぼく》の好色《こうしょく》女神《めがみ》

二〇二四年六月十日　初版発行

発行◉マドンナ社
発売◉二見書房　東京都千代田区神田三崎町二-一八-一一
電話　〇三-三五一五-二三一一（代表）
郵便振替　〇〇一七〇-四-二六三九

著者◉睦月影郎【むつき・かげろう】

印刷◉株式会社堀内印刷所　製本◉株式会社村上製本所　落丁・乱丁本はお取替えいたします。定価は、カバーに表示してあります。
ISBN978-4-576-24040-4 ◉Printed in Japan ◉©K.Mutsuki 2024

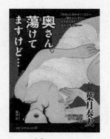

絶賛発売中

若女将狩り 倒錯の湯

霧原一輝 KIRIHARA,Kazuki

旅番組で観た温泉旅館の若女将・美帆に一目で惹かれ、旅館を訪れた孝之。そこで知り合った宿泊客の千春はバイセクシャル。孝之の思いを知って美帆をレズのテクで凋落、孝之は美帆の体を味わう。その後も、女性であることを利用できる千春と組んで美人若女将たちを次々と落とし、客の前では決して見せられない淫らな姿をさらけ出させていく——。書下し官能！